VAMPIRE À LOUER

L'AGENCE D'INTÉRIM PARANORMALE

TOME 3

MOLLY FITZ

Minou Mystérieux
PO Box 873543
Wasilla, AK 99687

AU SUJET DE CE LIVRE

Il se passe quelque chose à la Paranormal Temp Agency, et je vais découvrir ce que c'est.

Pour mes deux dernières missions d'intérimaire, le patron félin, monsieur Grosmatou, a dû me forcer. Cette fois, je suis bien plus disposée à jouer à leur petit jeu. Il est grand temps que j'apprenne pourquoi ils m'ont tirée de ma vie ordinaire pour me jeter dans ce nouveau monde insensé rempli de dangers et de magie.

Mais ça ne va pas être facile. D'autant plus que la PTA m'ordonne d'aider la vampire de service Connie à enquêter sur un nouveau clan qui vient d'apparaître dans notre petite ville paisible de Beech Grove. Pour cette mission, ils m'accordent un statut de vampire temporaire... et tous les avantages et terribles inconvénients qui vont avec.

Et le pire ? C'est que si je ne résous pas vite ce problème, je pourrais bien rester coincée dans ce rôle de monstre immortel pour toujours...

Mais c'est ce qui arrive quand on est vampire à mi-temps.

REMARQUE DE L'AUTRICE

Bonjour, merci d'avoir choisi ce livre! Si vous aimez autant que moi les *cozy mysteries* qui font rire, nous allons bien nous entendre.

Pour commencer, j'aimerais vous inviter sur ma page Facebook dédiée exclusivement à mon lectorat francophone. Vous pouvez le faire ici :

facebook.com/lapilealire

Et vous pouvez également vous inscrire à ma newsletter pour recevoir un cadeau numérique gratuit comprenant une histoire exclusive au sujet d'Octo-Chat que je réserve à mes abonnés:

minoumystérieux.com/abonnez

Nous allons bien nous amuser ensemble. Tout commence en tournant la première page...

On se revoit de l'autre côté,

MOLLY

Je m'appelle Tawny Bigford. J'ai longtemps eu tendance à croire que la chose la plus intéressante à mon sujet, c'est que j'écris des romances à mi-temps qui me rapportent un maigre revenu… Mais ensuite, j'ai rencontré un petit chat noir qui a tout changé.

Son nom ? Monsieur Grosmatou.

Son rôle ? Diplomate à la tête de la PTA du coin. C'est le sigle de la *Paranormal Temp Agency*, au fait, et non d'une toute autre organisation qui aurait malheureusement le même acronyme. Du genre, les parents d'élèves. Croyez-moi, j'ai une histoire sordide avec ces gens-là.

Tousse, tousse. Un ex infidèle.

Bref…

Alors que Grosmatou et moi venions juste de nous rencontrer et que je n'avais rien demandé, il m'a engagée comme intérimaire et forcée à travailler sur deux affaires au cours de la semaine écoulée. La dernière concernait plusieurs enlèvements qui nous avaient conduits jusqu'à une petite île dans le Maine, État très froid et pittoresque.

J'ai failli mourir au moins une fois, et sans doute plus, je vais donc vous paraître bizarre quand je vous dirai qu'il me tarde la prochaine mission.

Laissez-moi faire un petit récapitulatif pour que vous compreniez mieux les choix que j'ai faits.

La première chose que vous devez savoir, c'est que la magie existe. Pour de vrai !

Nous sommes tous nés avec, mais nous l'avons pour la plupart perdue en cours de route. J'ai eu un bref avant-goût de ce pouvoir spécial lors de ma première affaire, et depuis, je rêve de le retrouver.

Cela dit, bien que j'aie connaissance de la magie, je n'appartiens pas à leur communauté. Je suis une étrangère, une femme que les autres qualifient de « normale » sur un ton railleur. Les gens véritablement doués de magie sont appelés tout simplement des magicks. Et la PTA susmentionnée est une agence gouvernementale spéciale qui protège les intérêts du territoire de Peach Plains, dans l'État de Géorgie. Ce n'est que l'un des nombreux comités de ce genre de par le monde.

Sept membres permanents siègent au conseil. Toute autre personne dont ils ont besoin ne les rejoint que temporairement, sous le statut d'intérimaire.

Moi, par exemple.

En général, ils effacent la mémoire des intérimaires une fois que ceux-ci ont accompli leur mission, mais moi, je me souvenais de tout, pour le meilleur ou pour le pire.

Le grand patron, c'est Grosmatou, un chat noir bureaucrate. Il est accompagné du sorcier communal, rôle actuellement rempli par Parker Barnes, mon très sexy voisin. Je crois que nous sortons ensemble à présent, mais comme nous ne nous sommes plus embrassés depuis notre première fois une semaine plus tôt, qui sait...

Bref, en dehors de lui et de Grosmatou, il reste les cinq agents de liaison. Greta est un ange authentique qui supervise les Écoles. Connie est la vampire grincheuse en charge du Commerce. Il y a également Buckley à l'Agriculture et un vieux type en costume pour les Cimetières. Je ne sais presque rien sur eux deux.

Nous sommes censés avoir aussi un agent de liaison avec la police, mais ce poste est pour l'heure vacant, suite à une succession d'événements qu'il serait trop long d'expliquer ici…

Alors, à la place, nous avons une stagiaire qui a postulé elle-même pour être ce fameux agent, à condition qu'elle prouve qu'elle mérite ce boulot. Je ne nourris pas de grands espoirs à son sujet, étant donné qu'elle a tenté de me tuer… et failli réussir.

Oui, je ne suis pas sa plus grande fan, et le sentiment est réciproque.

Si vous m'aviez posé la question il y a une semaine, je vous aurais dit que je déteste la PTA et que je ne veux rien avoir à faire avec eux. Mais notre dernière affaire m'a fait prendre un virage à cent quatre-vingts.

Les autres me cachent quelque chose, quelque chose d'important, à mon sujet. Je n'arrêterai pas de chercher tant que je n'aurai pas obtenu quelques réponses.

La dernière fois, ils m'ont traînée jusqu'au quartier général de l'agence d'intérim paranormale contre mon gré. Cette fois, je vais me pointer sur leur perron et exiger leur attention.

Nos deux premières aventures m'avaient également appris une vérité bien plus prosaïque, à savoir qu'il était difficile de survivre dans ce monde sans voiture. Alors, envoyant mon empreinte carbone aux orties, j'avais utilisé mon dernier chèque de droits d'auteur pour m'acheter une berline âgée de dix ans afin de m'aider à aller d'un point A à un point B.

Lors des deux occasions où je m'étais rendue à la PTA, monsieur Grosmatou m'avait fait voler grâce à sa magie, mais j'aimais l'idée d'être seule responsable de mon moyen de transport cette fois-ci.

Et j'arrivai presque juste après avoir démarré, puisque les vieux bâtiments abritant le quartier général de l'agence ne se trouvaient qu'à quelques kilomètres du centre-ville de Beech Grove.

On ne distinguait rien à travers les vitres, une ruse pour éloigner les curieux. Que j'aie de la magie ou non, je faisais partie de leur monde, à présent. C'était du moins ce que je me répétai alors que je récupérais mes affaires soigneusement emballées et me dirigeais vers la porte d'entrée.

Comme elle était fermée, je frappai.

Personne ne me répondit, donc je pris un caillou et le lançai à travers la vitre. De minuscules éclats atterrirent partout, mais je m'en fichais. Je devais entrer, et en plus, ce n'était pas comme s'ils ne pouvaient pas réparer ma petite bêtise avec un peu de magie bien placée.

Ce que j'avais à dire était trop important pour que j'attende à l'extérieur. Avec un peu de chance, je trouverais quelqu'un disposé non seulement à écouter, mais aussi à parler.

Jusqu'à présent, j'étais leur pion. Désormais, j'étais prête à être une joueuse plus importante dans la partie...

Appelez-moi Tawny Parker.

2

Personne ne se précipita pour confondre l'auteure de cette violente intrusion. J'eus beau attendre de longues minutes inconfortables près de la porte, personne ne vint.

Hum. Je ne m'attendais pas à ça.

Je secouai la tête, pris une grande inspiration et m'enfonçai dans le bâtiment obscur. Tout d'abord, je vérifiai dans la salle de réunion au plafond vitré dans laquelle les membres du comité discutaient d'affaires importantes. Constatant qu'il n'y avait personne, je laissai le panier que j'avais préparé pour ma visite sur un coin de table et poursuivis mon exploration du bâtiment.

En passant devant le bureau de Connie, je ne parvins pas à retenir le frisson qui me parcourut l'échine. Même si par hasard elle était là, je n'avais pas envie de déranger la vampire à la tête du Commerce. Elle avait affirmé qu'elle n'avait pas l'intention de me manger, d'accord, mais mieux valait ne prendre aucun risque.

J'accélérai l'allure dans le long couloir jusqu'à rejoindre la grande salle aux airs d'entrepôt dans laquelle monsieur Grosmatou m'avait emmenée pour démarrer mes deux précédentes missions. C'était là qu'il m'avait envoyé des éclairs de magie mortels pour tester mon instinct, lorsque j'avais été temporairement nommée sorcière communale. C'était aussi là qu'il m'avait confié la broche en argent spéciale qui m'avait conféré de la magie pour ma première mission et avait servi d'équipement de surveillance au cours de la deuxième.

— Ohé? appelai-je avec hésitation avant d'entrer dans la pièce.

Seul le faible écho de ma voix me répondit, je décidai donc de m'enfoncer davantage.

Chaque fois que j'étais venue ici auparavant, Grosmatou m'avait placée au milieu de l'espace, puis il avait bondi jusqu'au plafond pour attraper la broche. Est-ce que ça voulait dire que c'était là que se trouvaient les autres objets magiques?

Il n'y avait qu'une seule façon de le découvrir.

Avant que vous ne vous énerviez de me voir fouiner, je voudrais vous rappeler que c'était cette agence-là qui m'avait déjà mise en danger à deux reprises. Pour une raison que j'ignorais, ils m'avaient convaincue de les aider avec leur micmac magique, et maintenant, je voulais savoir pourquoi.

D'accord, la première fois que j'étais venue, c'était parce que j'étais tombée sur une scène de crime par inadvertance. C'était logique de me garder auprès d'eux le temps de démêler la situation.

Mais la seconde fois qu'ils m'avaient obligée à bosser pour eux? Il n'y avait aucune raison évidente expliquant qu'ils avaient besoin de moi spécifiquement. Pas au début. Ensuite, cependant, monsieur Grosmatou avait par accident laissé échapper quelques indices sous-entendant qu'il y aurait quelque chose de spécial chez moi. J'attendais encore que lui et les autres m'en parlent davantage.

D'une part, le patron félin avait été incapable de défaire le seul sort que j'avais réussi à lancer lors de mon bref passage en tant que sorcière communale. Il avait tenté de redonner à mes cheveux couleur chewing-gum leur teinte naturelle, mais il n'avait pas pu. Puis, alors que nous avions atterri dans le Maine au milieu de nulle part, il s'apprêtait à me dire quelque chose quand notre enquête était passée au premier plan.

J'avais accepté ce délai sans sourciller et m'étais concentrée sur notre mission, persuadée que quelqu'un nous expliquerait tout une fois que nous aurions sauvé la situation et ramené tout le monde sain et sauf à la maison.

Pas de chance.

Il ne s'était même pas passé trois jours entre ma première affectation et la deuxième.

Maintenant, cependant, près d'une semaine s'était écoulée depuis le boulot numéro deux, et personne ne s'était donné la peine de me contacter. Pas même Parker, qui vivait à quelques mètres de chez moi et se pointait autrefois sans prévenir.

Donc, que cachaient-ils tous ? Et, sans doute le plus important : pourquoi le cachaient-ils ?

Je cherchai dans l'entrepôt un objet assez solide pour supporter mon poids, mais assez léger pour le déplacer toute seule. *Rien.*

Pas du genre à me décourager, je retournai dans la salle du conseil et saisis un fauteuil. Cette solution ne me permettrait pas de regarder le plafond de très près, mais si je tendais les bras assez haut et que je balayais la zone avec la caméra de mon portable et sa lampe de poche, j'apercevrais peut-être quelque chose.

Satisfaite de mon plan, je positionnai la chaise à roulettes sous le panneau de plafond manquant au centre de l'entrepôt et montai lentement dessus, afin qu'elle ne roule pas plus loin. Perchée sur la pointe des pieds, j'aurais peut-être pu jeter un coup d'œil directement, mais je n'avais pas assez confiance en ma coordination pour tenter cette acrobatie. Surtout que j'étais seule, si par hasard je me faisais une commotion cérébrale.

Alors, je levai un bras, le téléphone à la main et le mode vidéo déjà enclenché, et tendis l'autre sur le côté pour m'aider à garder l'équilibre.

Avec une foule de précautions, je tournai lentement mon poignet pour être sûre de filmer autant que possible la zone sans pivoter la chaise, puis je baissai le portable et regardai l'enregistrement.

Dix secondes plus tard, je repérai un éclat d'argent. *Ma broche !*

Je n'eus pas le temps de terminer mon visionnage, quelque chose de lourd tomba d'en haut, me faisant basculer de la chaise et heurter le béton froid.

Aïe...

3

—Une intruse! feula Grosmatou en me fusillant du regard depuis la chaise.

La condamnation était claire dans ses yeux dorés.

— Je suis désolée.

Je tentai de m'asseoir et gémis. J'avais tellement mal partout que je me contentai de rester allongée par terre, bras et jambes écartés.

— Personne ne m'a contactée la semaine dernière pour ma prochaine mission. Et personne n'a répondu quand j'ai frappé, alors...

Le chat remua sur la chaise et grogna tout bas.

— Donc vous avez cru pouvoir nous cambrioler?

— N-n-non, balbutiai-je. Je cherchais juste des réponses, je vous le jure!

Monsieur Grosmatou leva le museau et souffla d'indignation.

— Vous n'étiez qu'une intérimaire, Tawny. Au passé. Il est temps de laisser tomber.

— Je sais que je suis différente.

J'aurais voulu paraître sérieuse, éclairée, voire un peu intimidante. Au lieu de ça, mes paroles sortirent dans un gémissement de douleur.

— Je sais que je suis différente, répétai-je, d'une voix un peu plus forte, cette fois. Et je sais que vous êtes au courant.

Le chat noir tressaillit, mais ce fut le seul signe trahissant l'impact de ma déclaration.

— Je me fiche de ce que vous pensez savoir. Vous n'avez pas été invitée et vous ne devriez pas être ici.

— Oh, c'est bon, j'ai saisi.

Je parvins enfin à rouler sur le flanc malgré ma douleur.

— Vous ne me voulez que quand vous avez besoin de moi.

Il rit sèchement.

— Vous n'y connaissez vraiment pas grand-chose au monde du travail, n'est-ce pas ? Ou aux chats.

— Ça n'a pas d'importance, rétorquai-je sèchement. Vous m'avez mise en danger deux fois et sans même me payer. La moindre des choses serait de me révéler ce que je suis.

Le chat agita la queue, agacé.

— Si vous pensez pouvoir me provoquer pour me faire dire ce que je n'ai pas envie de révéler, vous vous trompez.

Il était clair que je ne pouvais pas faire appel à la compassion du chat bureaucrate, donc je devais user du dernier tour dans ma manche.

— J'ai apporté du steak, annonçai-je avec un sourire fourbe.

Grosmatou renifla l'air.

— Du steak, vous avez dit ?

— Oui, et un bon morceau, en plus.

Je m'interrompis pour faire grimper son impatience.

— Du filet mignon, ça vous tente ?

Le chat noir tourna sur lui-même, excité, puis sauta de la chaise pour s'approcher de moi.

— Où est ce steak et pourquoi n'est-il toujours pas dans mon ventre ?

Un pot-de-vin bien placé était plus efficace qu'un peu de gentillesse. Intérieurement, je soupirai de soulagement. Extérieurement, je gardai un visage neutre.

— J'irai vous le chercher si vous acceptez de me dire ce que je veux savoir.

— Ou alors, je peux aller le récupérer moi-même, rétorqua-t-il avec mépris en soupesant ses options. Réfléchissez-y, vous êtes déjà coincée au sol. Tout ce qu'il me reste à faire, c'est trouver ce délicieux, délicieux steak tout seul.

Il renifla à nouveau l'air, les moustaches frémissantes, tandis qu'il se dirigeait vers la sortie.

— Attendez ! le rappelai-je avant qu'il me laisse seule. Bien mal acquis ne profite jamais, vous savez. Il n'aura pas aussi bon goût.

Le chat s'en décrocha la mâchoire.

— Est-ce vrai ?

Je haussai un sourcil.

— Vous êtes prêt à prendre le risque ?

Monsieur Grosmatou poussa un énorme soupir, avant d'agiter la patte dans ma direction. En un instant, ma douleur disparut comme si elle n'avait jamais été là.

Je m'appuyai à deux mains contre le béton et me relevai, puis j'indiquai au chat autoritaire de me suivre jusqu'à la salle de réunion, où j'avais laissé mon colis soigneusement emballé. À l'intérieur se trouvaient sept boîtes Tupperware remplies de filets mignons frais. Oui, je m'étais surpassée, pour le cas où j'étais tombée sur le conseil en pleine réunion et que j'avais dû les convaincre tous. D'accord, j'ignorais ce que mangeait Connie étant donné que c'était une vampire. Et je n'avais pas compté Melony dans les personnes à soudoyer, puisque son statut était à peine préférable à celui d'intérimaire.

Comme je n'avais que Grosmatou à convaincre, ça en faisait un pot-de-vin très cher par rapport au nombre de personnes concernées, mais je n'avais pas voulu prendre le risque de manquer cette information capitale. Si ce n'était pas une question de vie ou de mort, pourquoi se donnerait-il tant de peine pour garder le secret ?

— Les réponses d'abord, le steak ensuite, dis-je au chat qui bavait presque sur la table de réunion où il s'était perché.

— Le steak d'abord, les réponses ensuite, contra-t-il, en articulant encore plus mal que d'habitude, tant il était concentré sur sa gourmandise.

Bon, à cheval donné, on ne regardait pas les dents, n'est-ce pas ? Je soupirai.

— Promis ?

— Oui, oui, et c'est une promesse liée par la magie. Maintenant, filez-moi la bonne viande.

J'acquiesçai, ouvris la première boîte et la poussai vers lui. Heureusement que j'avais déjà prédécoupé les filets, sinon, je serais restée beaucoup plus longtemps à le regarder dévorer ces morceaux de choix achetés grâce à mes derniers droits d'auteur.

Lorsque monsieur Grosmatou eut terminé, il se lécha les babines et ferma les paupières, ravi.

— Alors? lançai-je, comme rien n'indiquait qu'il allait respecter sa part du marché. C'est votre tour. Dites-moi en quoi je suis différente.

— Ah oui, ça, répondit-il en me décochant un clin d'œil. J'ai promis de vous donner des réponses après le steak, mais je n'ai pas dit sous quelle échéance. Vous allez devoir attendre.

Il descendit de la table et s'éloigna dans le couloir au petit trot, en se moquant ouvertement de moi au passage.

4

Je filai à la poursuite de cet escroc de chat bon à rien. Quand je l'aurai rattrapé, je le plaquerai au sol et exigerai qu'il me signe un contrat. J'étais prête à me servir des autres morceaux de filet mignon pour le soudoyer. J'espérais que ça fonctionnerait, parce que c'était ma dernière idée en réserve.

Maintenant que je savais qu'il y avait quelque chose de spécial chez moi, comment poursuivre ma vie dans l'ignorance ?

Je rattrapai le chat dans l'entrée du bâtiment abandonné. Il s'immobilisa devant la porte en verre cassée. Alors que je pensais qu'il allait me reprocher la destruction du bâtiment de l'agence, il agita simplement la patte, et les bouts de verre se remirent en place comme s'ils n'avaient jamais été séparés.

Peu après, la porte s'ouvrit et Connie, le membre du conseil que je redoutais le plus, entra. Elle portait ce jour-là un chemisier en velours froissé rouge, une jupe crayon de marque et des talons de créateur. Ses lèvres étaient très pâles en comparaison de ses yeux au maquillage *smoky*.

— Qu'est-ce qu'elle fait là ? demanda la vampire plantureuse, la mine sévère. Je croyais qu'on avait décidé de l'oublier, celle-là.

Grosmatou grogna de colère, presque comme s'il s'offusquait de la manière dont sa collègue parlait de moi. *Presque*.

— Connie, tu as oublié ton sermon. Interdiction de discuter des affaires du conseil avec des inconnus.

— Je n'ai pas oublié, répliqua-t-elle avec un reniflement de mépris. Je te rappelais simplement le tien. Nous avons déjà rompu le protocole en l'engageant pour deux missions distinctes. Alors, que fait-elle là de nouveau ? Pourquoi sa mémoire n'a-t-elle pas été effacée ?

Les deux êtres surnaturels se livraient à un concours de regards qu'ils étaient tous deux déterminés à gagner.

Connie serait sans doute plus prompte à m'aider que son chef, si je renouvelais ma demande.

— Je sais que je suis différente. Que je ne suis pas

seulement une normale, je veux dire. Et j'ai envie de découvrir en quoi. J'ai passé un marché avec le chat, mais il n'a pas l'air pressé de respecter sa part.

Connie plissa les yeux et lança un regard assassin à monsieur Grosmatou.

— Tu as passé un marché avec elle ?

Il haussa ses petites épaules félines.

— Les termes étaient variables.

— Tu as quand même conclu un pacte avec une normale. Tu sais que c'est interdit.

— Elle n'est pas...

Il s'interrompit tout seul, feula et lâcha une bordée de jurons de chat.

— Je veux savoir ce que vous savez, intervins-je, ferme et résolue.

Je posai même une main sur ma hanche pour le cas où ça me donnerait l'air plus retorse ou sérieuse. Des fois que ça marche...

— Si tu ne lui effaces pas la mémoire tout de suite, c'est moi qui m'en charge, menaça Connie, les dents serrées.

Elle paraissait à deux doigts de mordre, et je préférais ne pas m'attarder dans le coin. Malgré tout...

— Mais il m'a promis ! m'écriai-je en reculant d'un grand pas.

— Tu as bien de la chance que je n'aie aucun désir

de diriger le conseil, sinon, tu serais au chômage! grogna la vampire en retroussant sa lèvre, dévoilant ses canines dérangeantes.

— Dites-le-moi tout de suite! exigeai-je en tapant du pied.

— Permettez-moi d'ajouter une clause à notre arrangement, s'écria Grosmatou, qui sentait visiblement que je lui avais forcé la patte. Du steak contre des réponses, comme vous l'avez dit.

— Maintenant?

J'avais du mal à lui faire confiance, étant donné sa dernière duperie. Il secoua la tête.

— Après un dernier boulot. Avec Connie.

Il se tourna vers la responsable du Commerce.

— J'ai bien reçu ta requête pour l'embauche d'un intérimaire afin d'enquêter sur le nouveau clan au centre-ville. Tawny t'apportera son aide.

— C'est inacceptable, répliqua son interlocutrice, qui nous lançait un regard encore plus glacial.

— À vrai dire, rectifia Grosmatou, c'est parfaitement acceptable, étant donné que c'est moi qui dirige cette agence. Tu as besoin d'un intérimaire, et celle-là est prête à prendre ce travail. N'est-ce pas, Tawny?

— Si je fais ça, vous me direz tout? demandai-je, méfiante, les bras croisés.

Il acquiesça, mais c'était Connie qu'il regardait.

— Quand vous aurez accompli ce travail à la hauteur des attentes du conseil, je vous dirai ce que vous voulez savoir.

Il était hors de question que je me fasse avoir par une de ses entourloupes.

— Définissez «à la hauteur des attentes du conseil».

Il plissa les yeux.

— Jusqu'à ce que le clan se soumette à la gestion de Connie ou quitte la ville, répondit-il en secouant légèrement la tête.

— Marché conclu, acceptai-je en acquiesçant.

L'intéressée poussa un cri de rage et leva les bras au ciel.

— Ce n'est pas ce que je demandais en remplissant cette demande et tu le sais. Je comprends ton désir de punir la normale, mais pourquoi moi ? J'ai toujours été…

Grosmatou décolla du sol et flotta devant les yeux de Connie pour être au même niveau qu'elle. Il tenait en l'air grâce à un tourbillon de magie rose scintillante.

— Je me fiche de ce que tu veux. C'est moi qui prends les décisions ici, et c'est ça que tu obtiendras. Comme tu le sais, je ne peux pas revenir sur un marché passé avec une normale. Tu accepteras l'aide de Tawny ou bien tu perdras ton siège à ce conseil. Me suis-je bien fait comprendre ?

Même si ce n'était pas à moi qu'il s'adressait, j'opinai avec véhémence. Connie me terrifiait, mais je pouvais survivre à une mission temporaire comme ce boulot. Mes deux dernières affectations avaient duré quelques jours à peine. Il en irait forcément de même pour celle-ci. Sinon, il n'est pas impossible que je m'enfuie en hurlant avant d'avoir mes réponses.

Sois courageuse, Tawny, sois courageuse.

5

— Pas si vite, Grosmatou, gronda Connie. Je sais que tu crois que ta parole fait loi, mais je refuse de travailler avec quelqu'un que je n'aime pas sous prétexte que tu as pris ta décision avec ton ventre plutôt que ton cerveau.

— J'ai déjà donné notre promesse. C'est réglé, répliqua-t-il avant de flotter jusqu'au sol, où il atterrit souplement.

— Je n'ai rien promis de tel à la mortelle, donc c'est moi qui lui effacerai la mémoire. Au moins, nous serons tous soulagés du fardeau de sa compagnie ensuite.

Elle attrapa ma tête et la tira vers elle. Le reste de mon corps suivit.

— Non, je t'en prie, la suppliai-je, la respiration sifflante.

Je ne pouvais pas me libérer. Avec sa force surhumaine, elle contrôlait ses muscles mieux que moi.

— Regarde-moi, grogna-t-elle.

Et bien que je n'en aie pas envie, je ne pouvais résister à cette consigne. Je levai les yeux et les plongeai dans ceux de Connie. Ils brillèrent d'un rose chaleureux et lumineux, une couleur plutôt jolie en temps normal, mais dans le regard de la vampire, elle me figea sur place.

Littéralement.

J'étais incapable de bouger. De cligner des yeux. À peine en mesure de penser.

Je ne pus que la regarder porter un doigt sur chacune de mes tempes, enfoncer ses ongles manucurés dans ma peau et marmonner des mots dans une langue inconnue.

Elle me relâcha tout aussi vite qu'elle m'avait attrapée et je m'écroulai au sol. Heureusement que Grosmatou avait déjà ramassé les morceaux de verre, sinon, je serais tombée dessus.

— Je vous en prie, marmonnai-je, d'une voix faible, épuisée, énervée. Je veux juste savoir la vérité sur qui je suis.

Connie retint son souffle et sembla sur le point de tomber dans les pommes à ma place.

— Elle se souvient ? Comment est-ce possible ?

Grosmatou sauta sur un bureau vide.

— Je lui ai vidé l'esprit une fois. Barnes l'a restauré ensuite.

— Mais ma magie est plus puissante que la sienne ! s'exclama Connie en tapant du pied. Que se passe-t-il ? Pourquoi ça ne marche pas sur elle ?

— C'est ce que je cherche à savoir, précisai-je en me relevant lentement. C'est la troisième fois qu'il m'arrive un truc de ce genre, j'ai envie de comprendre pourquoi.

Ce fut Grosmatou qui répondit.

— Le contrat est clair. D'abord, vous vous occupez du nouveau clan, et ensuite, je vous dirai à toutes les deux ce que j'ai découvert concernant notre chère Tawny.

Connie croisa les bras et tourna la tête sur le côté.

— Je vais demander ton renvoi, promit-elle au petit chat noir.

— Ça n'aboutira pas, comme les autres fois, répliqua-t-il sans la moindre trace d'émotion.

Connie souffla et tira sur ses cheveux par désespoir, pour le plus grand amusement du chat autoritaire, manifestement.

— Je serai dans mon bureau pendant que tu l'intégreras, annonça-t-elle avant de s'en aller.

— Bien, Tawny…

Grosmatou me regarda de la tête aux pieds avec ses yeux dorés qui brillaient.

— Êtes-vous prête à devenir une vampire ?

Mon souffle se coinça dans ma gorge.

— Euh… pardon ? Ça ne faisait pas partie du contrat.

Il s'esclaffa.

— En fait, si. Pour votre mission avec Connie, vous serez dotée de magie vampirique.

— Des canines et tout ?

Je me rebellai. Même si Connie ne suçait pas le sang, elle restait froide, cruelle et ignoble. Je survivrais probablement à ma mission à ses côtés, mais devenir comme elle ?

— Oui, vous allez recevoir toute la panoplie des vampires. Le pouvoir, le prestige…

Il remua la queue, même s'il n'avait pas encore fini sa phrase.

— La malédiction.

— La malédiction ! m'énervai-je. Personne n'a parlé d'une malédiction.

— Allez, venez, nous devons nous y mettre. Vous aurez quarante-huit heures pour mener cette mission à bien et pas une de plus. Il n'y a pas de temps à perdre.

— Et si je n'y parviens pas à temps? m'inquiétai-je en le suivant jusqu'à l'entrepôt.

Il tourna la tête vers moi un instant et ses yeux pétillèrent de plaisir.

— Dans ce cas, le changement sera permanent.

Je compris alors. Si je me transformais en vampire pour de bon, il ne serait plus contraint de me dire pourquoi j'étais différente. Parce que la réponse serait évidente : *tu es une vampire, Tawny.*

C'était son ultime tentative pour conserver ce secret. Il savait que Connie ne me faciliterait pas la tâche. Il comptait là-dessus, même.

Mais moi, je comptais bien obtenir des réponses. J'avais survécu à deux missions de l'agence d'intérim paranormale jusqu'à présent, je survivrais à celle-ci aussi.

Ma mortalité en dépendait.

Le chat bureaucrate me donnait des envies de meurtre, mais je me contentai de retourner avec lui jusqu'à l'entrepôt. J'étais prête à tout risquer afin d'apprendre quelque chose à mon sujet que j'aurais dû savoir depuis longtemps.

S'il voulait une vampire, une vampire je serais.

Je serai la meilleure vampire de sa connaissance, même si ça ne devait durer que quarante-huit heures max. Ensuite, je redeviendrai moi-même et je saurai le fin mot de l'histoire.

Que la partie commence, monsieur Grosmatou.

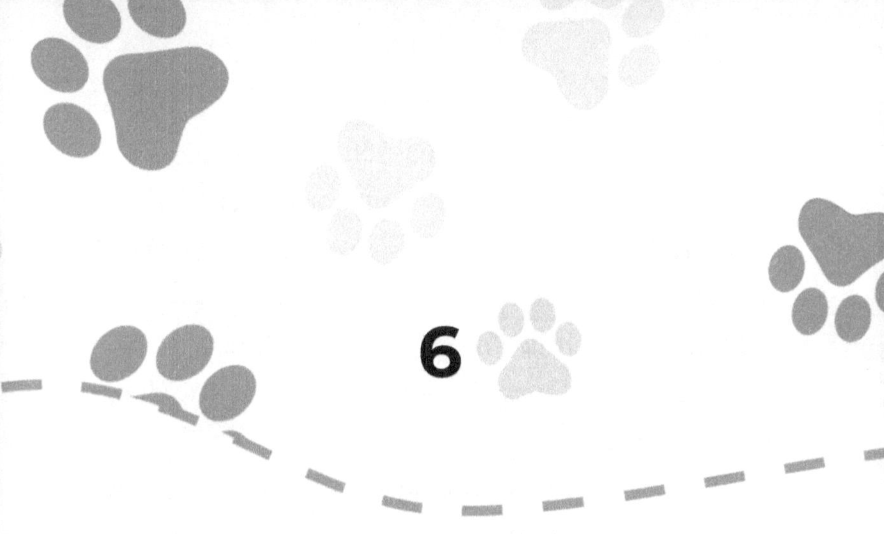

6

L'entrepôt était tel que nous l'avions laissé quelques minutes plus tôt. J'éloignai du centre de la pièce la chaise que j'avais apportée et je m'assis dessus. J'avais encore mal de ma dernière chute due à Connie, mais je n'étais pas certaine que Grosmatou ait assez bon cœur pour me soigner deux fois.

À vrai dire, il me regardait plutôt d'un air déçu.

— Vous avez l'air épuisée.

— Je le suis, rétorquai-je. Et ce n'est pas très gentil de dire ça à une femme... ou à n'importe qui, d'ailleurs.

Un sourire étira ses moustaches. J'aurais préféré qu'il se mette au travail plus vite.

— Vous devriez être heureuse, commenta-t-il

sèchement. Après tout, vous obtenez exactement ce que vous voulez. Vous êtes venue nous voler l'artefact, et moi, je m'apprête à vous en faire cadeau pour votre prochaine mission.

Je m'affalai sur la chaise et croisai les bras.

— Vous savez aussi bien que moi que ce n'était pas ce que je voulais.

Le sourire du chat s'élargit. Alors que je m'attendais à ce qu'il dise quelque chose de particulièrement mesquin, il se contenta de sauter jusqu'au plafond.

Il ne revint pas aussi vite que les deux premières fois qu'il était monté là-haut pour moi. Je l'attendis une éternité, si longtemps que même Connie vint voir où nous en étions. Elle repartit en grommelant à propos de « cet enquiquineur de chat bon à rien ».

Quand Grosmatou revint enfin, il avait la broche magique dans la bouche. Ensuite, il tourna et déplaça un second objet plus lourd grâce à un tourbillon de magie rose.

— Qu'est-ce que c'est ? demandai-je en indiquant du menton l'objet imprévu.

Il posa doucement la broche par terre avant de m'accorder son attention.

— C'est votre armure de vampire, répondit-il, l'air de rien.

Je penchai la tête, perplexe.

— Mon armure de vampire ? Comme l'armure d'ange de Greta ?

— Pas exactement. Ceci vous empêchera de vous faire transpercer le cœur.

Grosmatou s'assit et enroula la queue autour de ses pattes.

Mon cœur se serra à une telle éventualité.

— Mais je n'ai jamais vu Connie porter ça, commentai-je en observant le plastron décoré muni de sangles en cuir, sans doute pour le faire tenir.

— Pfff, répliqua le chat, moqueur. Connie n'a pas besoin de la porter à moins d'une situation dangereuse. C'est une vampire bien plus expérimentée que vous.

Je fus parcourue d'un frisson.

— Je ne suis pas une vampire.

— Pas encore, mais dans deux minutes environ, si.

— OK, donc je dois porter ça pendant toute la durée de ma mission ?

Je pris une grande inspiration pour me calmer. Manier de la magie vampirique était bien plus effrayant que tout ce que j'avais vécu aux mains de l'agence jusqu'à présent. Après tout, il y avait aussi bien des gentilles que des méchantes sorcières, mais les vampires n'étaient-ils pas toujours d'horribles monstres méchants? Si je me basais sur l'exemple de Connie pour évaluer le reste de son espèce, alors oui.

Mon malaise amusait beaucoup Grosmatou, qui fit tout son possible pour en rajouter.

— Je vais vous l'attacher, dit-il en agitant la queue, puisque vous avez une certaine tendance à exposer la chair de votre poitrine. Nous devons protéger ça.

— Vous dites ça comme si j'avais pour habitude de courir partout les seins à l'air. J'ai juste un peu de décolleté, et encore, pas tout le temps. C'est un décolleté de bon goût, pas dévergondé.

Je remontai tout de même un peu plus mon tee-shirt en me demandant si je ne devais pas investir dans des cols roulés.

Grosmatou me regarda de la tête aux pieds et soupira.

— Oui, bon... Les sangles sont essentielles dans tous les cas. Nous ne pouvons pas courir le risque que vous mouriez avant la fin de votre mission.

— Oooh, Grosmatou, je ne savais pas que ça vous toucherait, répondis-je d'une voix douce et sirupeuse que je détestai tout de suite.

— Perdre un intérimaire avant la fin du contrat nécessite trop de paperasse, rétorqua-t-il sérieusement.

Je grognai et levai les yeux au ciel.

Il agita la patte pour attirer mon attention.

— Venez enfiler ça. Je pourrai ajuster la taille avec ma magie, si elle ne vous va pas.

Je me levai et je saisis avec hésitation l'armure de vampire flottante. Elle avait un épais col en cuir qui se refermait au niveau de la nuque et des lanières qui passaient sous mes bras et dans mon dos pour empêcher le plastron de glisser. Le dessin finement gravé dans le métal était hyper canon. Ça ne m'empêcha pas pour autant d'avoir l'impression de porter un collier de chat surdimensionné. Je soupçonnais que c'était justement le but de Grosmatou, et non de protéger mon cœur.

La taille était cependant parfaite.

Je tapai sur le plastron pour montrer qu'il tenait en place.

Le chat hocha la tête.

— Excellent. Ceci, maintenant.

Il me tendit la broche avec sa patte. Je ne savais pas trop où mettre l'objet magique qui était censé rester proche de mon cœur, lequel était couvert du plastron. Je me retrouvai finalement à l'accrocher à mon soutien-gorge en priant pour que le métal ne s'enfonce pas dans la chair sensible en dessous.

Dès que l'artefact fut posé, une lumière m'éclaira de l'intérieur. C'était du moins le sentiment que j'avais. Je ne crois pas que je brillai *vraiment*.

Je me sentais toutefois différente.

En tant qu'humains, nous étions habitués à expérimenter un certain niveau de douleur au quotidien, surtout ceux qui approchaient la quarantaine, comme moi. Nous connaissions l'inconfort, les petites souffrances qui devenaient habituelles. Une articulation un peu faible, une zone de peau qui démangeait, ce genre de choses.

La magie vampirique me débarrassa de tout ça.

Je n'éprouvais plus aucune douleur de ma chute précédente. Je ne sentais plus rien. Je n'étais plus éreintée, je n'avais plus envie d'une deuxième tasse de café. Rien.

Je retins même mon souffle un moment, et constatai que mes poumons n'avaient pas besoin d'oxygène.

Waouh. On aurait dit que j'avais perdu la sensation de *vivre*.

— Bon, comment vous sentez-vous ? me demanda le chat qui me tournait autour.

Je n'aurais su dire ce que je pensais de ce changement. D'un côté, c'était libérateur, mais d'un autre, c'était tellement différent de mon état normal que je ne me sentais plus humaine. Je ne l'étais plus, d'une certaine façon. J'étais une vampire. Est-ce que ça faisait de moi une mort-vivante? Oui, sans doute. Pendant quelques jours, en tout cas.

Je passai les mains sur mon corps et secouai la tête.

— Je ne sens… rien.

— Oh, attendez, vous allez voir, répondit-il avec un sourire narquois.

— Quoi?

— Venez avec moi. Il est temps de tester votre magie comme il faut.

Je déglutis, un geste inefficace pour apaiser mon angoisse grandissante. Je suivis le chat patron pour voir ce qu'il avait prévu pour la suite.

J'espérai que ce n'était pas ma mort.

7

Je suivis sans peine le rythme de Grosmatou quand il courut dans les différents couloirs de l'immeuble. C'était trop bizarre. Au moins, quand je possédais la magie de la sorcière communale, je me sentais encore moi-même.

Maintenant, en tant que vampire par intérim, je me sentais folle de joie et terrifiée. J'avançais sans peine. Ne ressentir aucune douleur, ça changeait la donne.

Mais en même temps, je me demandais quel usage Grosmatou et Connie attendaient que je fasse de mes nouveaux pouvoirs. J'ignorais les détails de cette mission, mais elle devait être assez dangereuse.

Au lieu de retourner dans la salle de réunion,

Grosmatou me conduisit dans un petit bureau, au fond du bâtiment.

— Attendez ici, m'ordonna-t-il, avant de partir.

L'intérieur ressemblait à un salon démodé. L'absence de fenêtre et le lourd papier peint à fleurs rapetissaient la pièce. Des napperons faits main occupaient toutes les surfaces disponibles, et un cabinet de curiosités présentait fièrement une collection dépareillée de tasses de thé et de soucoupes délicates.

Ignorant combien de temps j'aurais à attendre, je m'installai dans une grande bergère à oreilles en essayant de ne pas abîmer les napperons sur les accoudoirs épais.

La porte s'ouvrit quelques secondes plus tard.

— Tawny ? Salut, dit Parker avec un sourire timide. Qu'est-ce que tu fais dans mon bureau ?

— Ton bureau ?

Je croisai les jambes et m'enfonçai davantage dans le fauteuil. Sans éprouver le moindre confort sur l'assise rembourrée. Puisque je ne sentais rien du tout.

— Je ne savais pas du tout que c'était ton style.

Il s'esclaffa.

— Je n'ai pas eu le temps de refaire la déco après avoir repris le poste de sorcier communal. Et je ne suis pas sûr d'avoir envie de toucher au bureau de Lilah, c'est sympa de garder son souvenir.

— Tu m'évites, lui dis-je.

J'avais tenté d'attirer son attention toute la semaine, mais il m'évitait depuis le baiser impromptu à la fin de ma dernière mission. J'aurais dû être transportée de joie de le revoir, de lui parler. J'étais surtout curieuse de savoir pourquoi il avait changé d'avis.

Soupirant, il s'adossa contre la porte fermée.

— Depuis notre baiser, je sais. Je suis désolé.

— Pourquoi ?

J'agitai le pied avec impatience et comptai les secondes avant sa réponse.

Parker ferma les yeux un instant puis les leva vers le plafond.

— Je t'aime vraiment beaucoup, Tawny, mais c'est beaucoup demander à quelqu'un d'accepter tout ce qui concerne l'agence. En plus, c'est dangereux, comme tu l'as vu toi-même.

— Je sais déjà tout ça.

Hors de question qu'il s'en tire à si bon compte.

— Tu en sais un peu, mais il existe tellement plus de choses dont tu ne devrais pas avoir à t'inquiéter. C'est ma faute, c'est moi qui t'ai entraînée si loin là-dedans. C'était égoïste de raviver tes souvenirs. De t'embrasser.

Il grimaça comme si le mot lui causait une douleur physique.

— Je ne devrais pas avoir mon mot à dire, moi aussi ? me demandai-je tout haut.

Pourquoi était-il si mélodramatique ? Nous nous étions embrassés. D'accord, sur le moment, ça m'avait paru capital et bouleversant, mais maintenant ? Je ne savais pas ce que j'éprouvais. J'en avais marre de le voir me fuir et j'étais curieuse de savoir pourquoi.

— On n'a pas d'avenir ensemble, m'apprit-il, inquiet. Les magicks et les normaux ne se mélangent pas, et ce n'est pas pour rien.

Il n'y avait qu'une seule conclusion logique à en tirer. Il fallait faire le test.

— Embrasse-moi de nouveau. Si tu ne ressens rien pour moi, je laisserai tomber. Mais s'il y a vraiment quelque chose de spécial entre nous, ne devrait-on pas voir où ça nous mène ?

Il acquiesça et se lécha les lèvres. Je me levai de mon fauteuil et m'approchai de lui. Je posai la main sur son bras, rapprochai mon visage du sien. J'en avais eu envie toute la semaine.

Maintenant, le grand moment était arrivé et je ressentais…

Rien.

Pour être précise, depuis l'instant où il était entré dans la pièce, je n'avais éprouvé qu'une curiosité amusée.

Oui, nous avions discuté des raisons pour lesquelles nous devrions ou non être ensemble. Mais ça n'avait été que ça, une discussion logique. Mon cœur n'avait pas battu la chamade quand nous nous étions rapprochés, mon souffle ne s'était pas coupé dans ma gorge. Son baiser n'avait déclenché aucun frisson d'excitation.

J'avais un coup de cœur pour lui depuis notre première rencontre, mais maintenant, il m'apparaissait comme une simple connaissance. Quelqu'un que j'aurais croisé, comme des millions d'autres personnes. Il aurait pu être n'importe qui.

Oui, je le connaissais, ainsi que l'histoire que nous partagions, mais ce n'était pas suffisant.

Parker s'écarta en souriant, mais quand il avisa mon expression, il fronça les sourcils, inquiet.

— Tawny ? Qu'est-ce qui ne va pas ?

Je baissai les yeux vers mon nouveau plastron et secouai la tête.

— C'est quoi, ça ? Qu'est-ce que tu portes ?

Il effleura mon armure.

— Monsieur Grosmatou vient de me donner un boulot, murmurai-je. Avec Connie.

Les yeux de Parker crépitèrent de rage. Il me repoussa gentiment et sortit du bureau comme une furie, sans explication.

Je ne tentai pas de l'arrêter, mais je le suivis, davantage curieuse que concernée par la suite.

— Tu lui as donné de la magie vampirique? cria-t-il dès qu'il entra dans la salle de réunion où l'élégant chat noir était assis sur la longue table en face de Connie.

— Oui, Connie avait du boulot, répondit son patron en haussant les épaules.

— Mais tu sais à quel point c'est dangereux! Et que parfois le changement est permanent!

— Où veux-tu en venir? Nous avions besoin d'un intérimaire et elle voulait une nouvelle mission. N'oublie pas que c'est toi qui lui as rendu ses souvenirs après la première. Nous aurions tous pu reprendre nos vies d'avant si tu n'étais pas intervenu.

Connie souriait, narquoise, en étudiant ses ongles récemment manucurés. J'en sentais encore l'odeur chimique dans la pièce.

— Vous êtes prêt à nous briefer sur la mission? intervins-je.

J'entrai dans la pièce et me rapprochai de Connie et Grosmatou.

— Tawny...

La voix de Parker se brisa. Je devinai son angoisse, mais n'en éprouvai aucune.

— Parker, répliquai-je froidement, prête à passer à la suite, j'ai un boulot à faire pour le moment, mais on pourra parler plus tard, d'accord?

8

J'eus beau lui demander de s'en aller et de nous laisser à nos affaires, Parker ne bougea pas. J'avais quarante-huit heures maximum pour terminer ce boulot et lui, avec son entêtement, nous retardait. Si j'échouais, je resterais une vampire pour toujours, et il serait en partie responsable. Ne s'en rendait-il pas compte ?

— Tu lui as parlé de la malédiction ? demanda-t-il à monsieur Grosmatou d'une voix tonitruante.

Je ne l'avais jamais vu aussi enragé.

— Je suis temporairement dotée de magie de vampire, informai-je Parker en prenant le siège près de Connie. Avec tous les à-côtés que ça implique. Et oui, je suis au courant pour la malédiction.

— Et tu sais ce que c'est ? insista-t-il.

Pourquoi ne disait-il pas directement ce qu'il voulait me dire au lieu de poser toutes ces questions insensées ?

Je fis la moue plutôt que de répondre, et il reprit tout seul :

— Les vampires ne ressentent rien, Tawny.

Je le savais déjà, merci. C'était la première chose que j'avais remarquée quand j'avais acquis cette nouvelle magie. Et cette brutale absence de sentiments était de plus en plus perceptible à mesure que je m'accrochais à cette magie.

Parker tremblait à présent. Sa voix aussi.

— Ils sont incapables d'aimer ou d'avoir des relations longue durée. Pas d'amis, de famille, de romance. Rien de tout ça. Si tu restes dans cet état, tu seras peut-être immortelle, mais à quel prix ? Tu seras un monstre solitaire obligé de vivre seul dans l'ombre.

— Arrête d'être aussi mélodramatique, s'énerva Connie. J'ai cette malédiction et je m'en sors très bien. En plus, elle ne restera pas vampire. J'ai l'intention de finir le boulot et de me débarrasser d'elle au plus vite.

— Alors c'est pour ça que tu hais tout le monde, compris-je en lui jetant un bref coup d'œil.

Elle se redressa sur son siège et leva le menton.

— Non, la malédiction fait que je n'aime pas les gens. Les détester, c'est un choix personnel.

Grosmatou s'en mêla :

— Barnes, ton travail s'arrête ici. Merci de m'avoir aidé à vérifier que la magie de Tawny fonctionnait, avant que je l'envoie sur le terrain.

— Je veux aider. Je ne sais pas en quoi consiste cette mission, mais elle sera sans doute plus réussie avec trois personnes plutôt que deux.

— Non, c'est un travail pour des vampires uniquement. Pour le moment, en tout cas. Alors, dégage, le sorcier, ordonna Connie.

Parker semblait avoir désespérément envie d'ajouter quelque chose, mais à la place, il sortit et claqua la porte derrière lui.

— J'ai cru qu'il ne partirait jamais, commentai-je, pour le plus grand amusement de Connie.

Je ne voulais pas qu'il s'énerve, c'était si désagréable à voir. Je préférais que tout le monde garde ses émotions sous contrôle, afin que nous puissions nous mettre au travail.

— Ha! Je ne te déteste plus autant que les autres, marmonna-t-elle. Je suis quand même impatiente de me débarrasser de toi.

C'était logique. J'acquiesçai.

— Monsieur Grosmatou, sommes-nous prêts à commencer le briefing ?

Il se mit à quatre pattes et déambula sur la table avec son habituel pas militaire.

— La boutique à vendre depuis longtemps au coin de Main et de Grand, au centre-ville, a récemment été achetée par Vanessa Vane. Une vampire.

— Juste une ? Je ne vois pas où est le problème.

Je n'en revenais pas de tout ce grabuge pour une seule nouvelle vampire en ville.

— Quand un vampire s'installe, il y en a très vite d'autres, expliqua Connie avant de grogner.

Elle s'était manifestement déjà fait une opinion sur cette nouvelle résidente.

Grosmatou marcha dans notre direction en clignant lentement des yeux.

— Jusqu'à présent, Connie était la seule vampire de Beech Grove. Comme ils vivent longtemps et sont en excellente santé, les vampires sont assez territoriaux. Il est tout à fait possible que madame Vane ait acheté cette propriété sans savoir que la zone appartenait déjà à Connie, mais il est aussi possible qu'elle cherche la bagarre. Dans ce cas-là, le reste de son clan arrivera vite.

Je ne comprenais pas bien mon rôle dans cette histoire.

— Bien. Donc, que voulez-vous qu'on fasse ?

— En tant que vampire solitaire, Connie paraît faible, mais avec votre aide, ce sera plus officiel. Il y a moins de chance que les nouveaux venus réclament ce territoire.

— Donc, on fait quoi ? On rend visite à cette dame et on lui demande poliment de partir ?

Cela me paraissait bien trop simple, et pourtant, les deux autres opinèrent avec emphase.

— Exactement, répondirent-ils en chœur.

Je tambourinai sur la table, de plus en plus agacée par eux deux.

— Et si ça ne fonctionne pas ?

— Dans ce cas, tu auras un aperçu de tes nouveaux pouvoirs, répondit Connie avec un sourire sinistre.

Ma curiosité s'éveilla de nouveau. Il paraît que c'est un vilain défaut, mais être vilain convenait parfaitement à une vampire. J'avais soif non pas de sang, mais de connaissances, de savoirs. Et d'argent, sans doute, même si je n'avais pas encore éprouvé l'avarice.

Grosmatou ronronna de plaisir.

— Tout est clair pour cette mission ?

Oui, clair comme de la boue, mais bon…

Je me mordis la lèvre pour me taire. Plus par instinct de survie que par sentiment de respect pour le chat autoritaire. Il semblerait que ce travail ait deux issues possibles : soit c'était facile, soit je me retrouvais mêlée à une violente guerre entre vampires...

Et j'étais honnêtement incapable de dire quel dénouement je préférais.

9

Grosmatou nous vira de la salle du conseil, signe qu'il était temps que j'aille affronter Vanessa Vane, la nouvelle vampire, avec Connie.

— Tu es ridicule, habillée comme ça, m'informa cette dernière alors que nous avancions côte à côte dans le couloir. On dirait que tu vas te mettre à quatre pattes et être attachée à une laisse.

Je posai la main sur mon plastron et effleurai du doigt le dessin.

— C'est trop?

— C'est un bon accessoire, mais pas avec cette tenue. Un détour rapide par mon placard te donnera une apparence de vampire plus respectable.

Je me souvenais qu'elle m'avait déguisée en fausse

voyante lors de ma dernière mission. Son dressing était si grand que je n'en avais pas vu le bout. Cela dit, Connie donnait toujours l'impression de sortir tout droit d'un magazine de mode, entre sa démarche confiante et ses ensembles chics. J'avais reconnu de temps à autre des vêtements de créateur, aussi, ce qui me confirmait que tout ce qu'elle portait coûtait excessivement cher.

Elle allait me parer de ses plus beaux atours... À cette idée, mon excitation grandit. Oh, donc je sentais encore certaines choses. Les vampires aimaient le pouvoir et l'argent, et d'après ce que Connie et Gros-matou m'avaient dit, c'était aussi de ça qu'ils se nourrissaient à présent. Le baiser de Parker ne m'avait fait aucun effet, alors que je savais qu'il aurait dû, mais la perspective d'être bien habillée me rendait fébrile.

Quel monde étrange j'avais rejoint.

Ce changement était temporaire. Je devais m'en convaincre et ne pas me reprocher mon absence de sentiments pour Parker tant que j'étais dotée de magie de vampire. Mais honnêtement, le relooking qui m'attendait m'intéressait davantage. Quel genre de tenue hors de prix allait me confier Connie ? Elle allait sûrement valoir plus d'argent que toute ma garde-robe réunie. J'allais être tellement chic, que j'allais susciter l'admiration et le respect. J'étais si impatiente !

Sans perdre un instant, Connie sélectionna un chemisier en velours froissé rouge avec des manches papillon et un pantalon noir à rayures, et me les tendit.

— Si tu comptes porter cette armure ridicule, autant qu'elle aille avec le reste.

Elle plissa le nez de dégoût devant ma tenue.

— C'est mon armure de vampire, pour me protéger des coups en plein cœur, lui expliquai-je.

N'aurait-elle pas dû le savoir ?

Elle émit un rire sarcastique.

— C'est ce que Grosmatou t'a dit ?

— Euh, oui. Tu veux dire qu'il m'a menti ? Qu'est-ce que...

— On n'a pas le temps pour les questions. Habille-toi et on y va.

Elle retourna dans le dressing pour me donner un peu d'intimité, et en ressortit quelques minutes plus tard avec un corset en cuir noir.

Je le regardai – et elle – avec scepticisme.

— C'est pour compléter la tenue, dit-elle en m'aidant à l'enfiler.

Elle passa les bras autour de ma taille pour le mettre en place, et je me rendis compte que nous portions le même chemisier en velours froissé rouge.

— Tu m'expliques pourquoi nous sommes assorties ?

— Non, pas assorties, rectifia-t-elle avec un grognement dégoûté. Nous sommes coordonnées.

— D'accord.

Le travail avec elle allait être mentalement épuisant. Ça l'était déjà.

— Tu m'expliques pourquoi nous sommes *coordonnées* ?

Elle leva les yeux au ciel.

— Les couleurs du clan. Ça rend notre petite mascarade plus officielle. Maintenant, fini les questions. Avec un peu de chance, cette Vanessa Vane sera une trouillarde qui ne se doute de rien et elle filera la queue entre les jambes en nous voyant.

— Tu crois vraiment que ça va être aussi facile ? demandai-je tandis qu'elle tirait sur les attaches du corset pour le serrer au maximum.

— Non.

La brusquerie de sa réponse me surprit.

— Tu as déjà fait deux missions avec nous. Est-ce que l'une ou l'autre a été facile ?

— Très juste. Euh… comment on se rend au centre-ville ? la questionnai-je pendant qu'elle fermait le bureau.

— Eh bien, on se transforme en chauve-souris et on vole jusque là-bas, bien sûr.

— C'est vrai ? m'écriai-je d'une voix suraiguë.

— Non. Arrête de me poser des questions idiotes. On y va.

Elle longea les couloirs d'un pas rapide, mais je n'avais aucune peine à la suivre. Dehors, au lieu de nous diriger vers le parking, nous allâmes en direction de la forêt.

Dès que nous eûmes franchi l'orée du bois, Connie fila à toute allure. Nous avancions si vite à travers les arbres que nous volions presque. Ma nouvelle magie de vampire semblait effacer les limites de ce que mon corps pouvait accomplir. Même le vent ne nous opposait aucune résistance.

En un rien de temps, nous fûmes de l'autre côté de la vaste forêt, et Connie ralentit à un rythme plus convenable.

— C'est génial ! m'exclamai-je.

Je levai le poing en l'air en sautant sur place.

— On ne doit se déplacer ainsi que lorsque nous sommes hors de vue des humains, m'informa-t-elle.

Je me rendis compte pour la première fois de l'effort considérable que cela nous demandait de progresser à cette allure d'escargot, maintenant que je savais à quelle vitesse mon corps magique pouvait avancer.

— De quoi d'autre sommes-nous capables? demandai-je en marchant à ses côtés.

— Il n'y a pas de « nous », ne l'oublie pas.

— Les vampires, je voulais dire.

— Tu n'en es pas une. Tu as notre magie, c'est tout.

Je grognai de frustration.

— Tu sais où je veux en venir. Réponds-moi, allez.

Elle arrêta de marcher et se tourna vers moi avec une expression sévère.

— Je ne te dois rien du tout. Si tu as des questions, trouve les réponses toi-même. Nous sommes presque arrivées chez Vanessa Vane. À ce moment-là, je ne veux plus entendre un mot de ta part. À vrai dire, ce serait génial de ne plus en entendre aucun avant ça. Alors, ferme-la, aie l'air féroce et laisse-moi tout gérer.

Oh, c'était tout?

Je commençais à me dire que Connie serait un pire patron que monsieur Grosmatou.

Moins de quarante-huit heures à tenir. J'allais les compter une à une…

10

Je me tus pour éviter toute réprimande de Connie, tout en égrenant les minutes me séparant de la fin de cette mission. Non seulement parce que je préférais éviter de rester une vampire toute ma vie, mais aussi parce que je devais découvrir le grand secret que Grosmatou tentait si désespérément de me cacher. Et je pourrais avoir une nouvelle chance avec Parker. Sur un plan logique, je savais que j'en avais envie, même si je m'en fichais à l'heure actuelle.

Les vampires étaient vraiment des créatures étranges. Pas étonnant que les gens les craignent. S'ils savaient...

— On y est, annonça Connie, qui m'agrippa le poignet.

Nous nous tenions devant une vitrine qui était vide depuis mon arrivée en ville, et sans doute bien longtemps avant ça. Lorsque je l'avais vue une semaine plus tôt, elle était envahie de toiles d'araignées et de poussière. Désormais, l'intérieur était paré de tons lumineux et riches de rouge, jaune et violet. De fantastiques chandeliers ornés de perles pendaient au-dessus de chaque table, et un comptoir de service en métal poli complétait l'ensemble, au fond de la pièce.

— C'est un restaurant? m'exclamai-je, incrédule. Je croyais que les vam...

Elle me lança un regard d'avertissement.

— Euh, je croyais que les gens comme toi n'avaient pas besoin de manger.

La quittant des yeux, je repérai l'enseigne racée du magasin : *BOLLYZARRE*.

Connie la remarqua aussi et ricana.

— Nous ne sommes pas obligés de manger, mais nous pouvons. Étant donné nos sens renforcés, ça rend la tâche plus pénible qu'agréable. Je pense cela dit que cet établissement est à destination des normaux. Quel nom horrible pour un restaurant.

— Je présume qu'ils comptent servir de la nourriture indienne. Mais ça n'a pas d'importance, puisqu'on est là pour les faire plier bagage.

Connie resserra sa prise sur mon poignet et attendit que je la regarde.

— On y va. N'oublie pas ta place.

Oui, j'étais juste les renforts, je ne servais qu'à ajouter un peu d'autorité à Connie.

J'acquiesçai et elle me lâcha. J'ouvris la porte et elle me passa devant.

Une jeune femme entra dans la salle à manger en s'essuyant les mains sur un torchon. Elle ne semblait pas avoir plus de la vingtaine, mais je savais très bien qu'elle pouvait être centenaire, étant donné l'immortalité des vampires.

— Bonjour, est-ce que je peux vous aider? demanda-t-elle avec un sourire professionnel.

Elle plissa cependant les yeux en apercevant Connie.

Celle-ci montra du menton la pièce d'où arrivait l'autre femme et haussa un sourcil.

— Oui, nous sommes seules, comprit cette dernière en croisant les bras, ce qui fit pendre le torchon. Qu'est-ce que vous voulez?

Aucun doute, c'était notre chère Vanessa Vane, et elle savait pertinemment qui était Connie et pourquoi elle était venue.

— Comme vous pouvez le voir, il y a déjà un clan installé dans cette ville, donc nous souhaitions vous demander de vous en aller et de trouver un autre endroit pour votre commerce.

Connie s'était exprimée d'une voix glaciale et sans se soucier de masquer son dédain.

— Une vampire, ça ne constitue pas un clan, répliqua Vanessa qui fit claquer sa langue.

— Je suis une vampire, moi aussi ! m'exclamai-je d'une voix trop aiguë.

Les deux femmes me fusillèrent du regard. Je reculai nerveusement d'un pas.

— Quoi ? Vous l'avez transformée pour l'occasion ? demanda Vanessa avec un rire cruel. Elle n'a même pas encore de canines pointues.

— Je suis dans cette ville depuis longtemps, déclara Connie sans répondre à la question. Elle n'est pas assez grande pour nous deux, et vous le savez.

Tout à coup, j'eus l'impression d'être dans un vieux western. J'imaginai les deux vampires se préparer à l'affrontement, avec des chapeaux de cow-boy et des pistolets. Même si nous étions présentement dans *Bollyzarre*, ce moment avait tout du western spaghetti.

— Je ne vous dérangerai pas si vous ne me dérangez pas, proposa Vanessa avec un regard de défi. L'inauguration a lieu ce soir, je refuse de manquer mon propre événement.

— Vous savez aussi bien que moi que ce n'est pas vrai. Ce n'est pas ainsi que fonctionne notre espèce.

Vanessa soupira.

— *Hmm.* Peut-être que ça devrait.

Je ne pouvais nier que j'étais d'accord avec elle. Grosmatou et Connie avaient tous les deux insisté sur l'importance du départ de Vanessa, sans m'expliquer pourquoi. Et si cette dernière voulait simplement faire partager sa passion pour la cuisine sud asiatique au reste du monde? Était-ce possible? Et dans ce cas, étions-nous les méchants, ici?

Je baissai la tête en regrettant de ne pas avoir posé plus de questions ou au moins obtenu plus de réponses avant de venir ici menacer une inconnue.

— C'est votre dernière chance, la prévint Connie, les dents serrées. Allez-vous-en.

Vanessa lui sourit, narquoise.

— Et sinon quoi? Vous allez m'y obliger?

Le combat de regards continua, aucune ne cédait. La tension grimpa en flèche et alourdit l'atmosphère tandis que les deux vampires se jaugeaient.

Je restai en retrait en me demandant ce que serait la suite. Allions-nous nous battre ou…?

Connie poussa un rugissement animal et virevolta vers la porte. Si c'était la première bataille, nous venions de la perdre. Ça n'augurait rien de bon pour la suite des événements.

Elle se dirigea vers la sortie à grands pas, m'attrapant au passage.

— Viens, Tawny. On a une guerre à préparer !

Le rire amusé de Vanessa nous suivit jusque dans la rue. Elle n'avait pas peur. À vrai dire, elle espérait clairement cette escalade de la violence.

Ce qui signifiait qu'elle était bien mieux préparée que Connie ou moi.

Donc, nous avions de bonnes chances de perdre.

Merde.

11

Je suivis Connie dans les rues du centre-ville. Grâce à nos dons, nous marchions un peu trop vite, au point de nous attirer les regards inquiets de certains piétons, mais je tins ma langue et évitai de le mentionner à Connie.

J'attendis que nous soyons à l'abri de la forêt pour démarrer ma longue liste de questions.

— Pourquoi vous ne pouvez pas vivre ici toutes les deux, Vanessa et toi? Pourquoi elle refuse de partir? Faut-il vraiment déclarer la guerre?

— Quelles interrogations inutiles! s'exclama-t-elle sans ralentir pour discuter.

— Réponds-moi, exigeai-je.

C'étaient des questions tout à fait raisonnables à la

lumière de la situation et de la vitesse à laquelle elle avait dégénéré.

— Pourquoi...

Connie se retourna si brusquement que je faillis lui rentrer dedans. Je parvins heureusement à m'immobiliser juste à temps pour éviter une collision gênante.

— Lors de notre première rencontre... commença-t-elle, les dents serrées.

Ses muscles tressaillaient à cause des efforts qu'elle faisait pour se contenir.

— Tu avais peur de moi. Pourquoi?

Pour être honnête, j'avais toujours peur d'elle, mais ce n'était pas la question.

— Je croyais que tu allais me sucer le sang, répondis-je, docile.

Elle se redressa de toute sa hauteur et me toisa.

— Et qu'est-ce que je t'ai répondu?

— Que les vampires ne se nourrissent plus comme ça, mais de richesse, désormais.

C'était facile. Si je n'avais pas toujours bonne mémoire en temps normal, pour ce qui était du monde paranormal, je m'assurais de ne rien oublier de ce que j'avais appris. Même les anecdotes les plus insignifiantes faisaient la différence entre un boulot accompli avec succès ou tellement raté que je perdais la vie au passage. J'avais retenu cette leçon à la dure, lorsque j'avais oublié la signification des différentes couleurs de la boule de cristal clignotante que m'avait passée Grosmatou lors de ma précédente mission.

Connie fronça les sourcils.

— Ce n'est pas tout à fait vrai.

Je poussai un petit cri et reculai d'un pas.

— Vous buvez toujours du sang?

En tant que femme nouvellement baptisée vampire, allais-je moi aussi bientôt me mettre à en consommer? Cette pensée me fit frémir.

Connie baissa la tête et observa les feuilles éparpillées sur le sol de la forêt.

— Moi, non, mais je le ferais si je n'avais pas d'autre choix.

Je me risquai à reprendre ma position initiale.

— Qu'est-ce qui t'enlèverait ce choix?

Elle riva ses yeux sur les miens.

— Si trop de vampires vivent dans la même zone réduite, et surtout s'il y a plusieurs clans, il n'y a pas assez de richesses autour. Ce qui nous obligera à chercher d'autres moyens, plus basiques, de satisfaire notre faim.

— Du sang.

Je sentis presque le goût du mot en le prononçant.

Connie montra les dents, dévoilant ses canines acérées.

— On a toujours l'équipement nécessaire.

Je me passai la langue sur les dents. Elles me paraissaient toujours comme avant.

— Tu n'en as pas encore, dit Connie, qui m'avait vue faire. Mais si le changement devient permanent, elles pousseront d'ici quelques mois. Ça donne à nos nouvelles recrues la chance d'apprendre nos méthodes pour nous nourrir et les aide à réfréner une faim qui serait incontrôlable sinon.

— Waouh.

Je pris une grande inspiration, même si je savais que mes poumons n'en avaient pas besoin.

— Alors, on doit vraiment pousser cette Vanessa à quitter Beech Grove.

— Oui, et étant donné que mes tentatives de négociation pacifiques ont échoué, nous devons nous préparer à la guerre, maintenant, précisa-t-elle sur un ton impassible.

Elle soupira et secoua la tête. Elle semblait lasse et usée avant même que la bataille n'ait commencé. Avait-elle peur ? Et si oui, qu'est-ce que ça sous-entendait pour nous autres ?

— Tu as déjà connu une guerre de vampires ? demandai-je gentiment, espérant qu'elle se confierait à moi. Ça m'a l'air horrible.

Elle rit sèchement.

— La force d'une vampire mélangée à de la faiblesse humaine. Quelle blague !

— Alors ? insistai-je.

J'avais aperçu cet éclair de désespoir, de regret, de peur, de *quelque chose*, et je voulais savoir pourquoi.

— De nombreuses fois. Là où réside la faim réside aussi l'avidité. Certains vampires ne se satisfont pas de leurs ressources actuelles et essaient de s'emparer d'autres villes. Il faut les arrêter, rapidement et définitivement.

— Tu veux dire…

J'inspirai profondément et retins mon souffle.

La vampire saisit une petite branche sur le sol de la forêt et la pointa vers mon plastron.

— Un pieu en plein cœur. C'est la seule façon de nous tuer, après tout.

— Tu as dit *nous*.

Ça m'aurait réchauffé le cœur, s'il battait toujours.

— Je ne t'incluais pas. Je parlais des vrais vampires, rectifia-t-elle en grognant.

Oh, bien. Je l'avais vexée. Voilà qui allait faciliter notre travail.

— Dans ce cas, pourquoi Grosmatou m'a-t-il donné cette armure pour protéger mon cœur ? répliquai-je sur un ton de défi en tapotant le métal.

L'amusement illumina son visage.

— Je ne sais pas pourquoi il t'a donné ce collier ridicule, mais ce n'est pas pour les raisons qu'il a énoncées.

— Tu crois qu'il m'a menti ?

— Je sais qu'il t'a menti.

— Mais pourquoi ? Qu'est-ce qu'il cache ?

Et pourquoi tu ne me parles pas de ton passé ?

— Aucune idée. Je n'ai pas été très attentive, j'ignore ce qu'est ce grand secret dont vous parliez tous les deux. Et je m'en fiche beaucoup trop pour creuser la question.

Cela correspondait à tout ce que je savais d'elle jusqu'à présent. Elle ne m'avait jamais menti et ne le ferait jamais. Elle en était incapable. Telle était sa malédiction, et la mienne pour un moment.

Elle envoya le bâton si loin que je ne vis pas où il atterrit. Une fois le projectile hors de vue, elle me jeta un coup d'œil.

— Peut-on retourner à la base maintenant et nous préparer pour notre bataille ? Je vais avoir besoin de renforts bien plus importants que toi.

Sans attendre ma réponse, elle fila entre les arbres, ne me laissant d'autre choix que de la suivre.

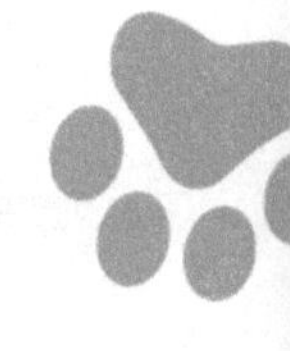

12 

Monsieur Grosmatou nous attendait à l'orée de la forêt.

— Alors, quelle est la situation ? demanda-t-il dès que nous posâmes un pied sur le terrain derrière le quartier général.

— Il est temps de passer à la phase deux, répondit Connie avant de pincer les lèvres.

Grosmatou se mit à quatre pattes.

— Je vais rassembler l'équipe.

— Laisse l'ange en dehors de ça, grogna la vampire, dont le visage s'assombrit en un instant. Elle n'a jamais aimé mes méthodes et n'hésite pas à le dire non plus. Pour former une équipe puissante, il ne faut pas de dissidents.

Le chat opina.

— Très bien.

— Qu'est-ce qui se passe maintenant ? demandai-je à Connie alors que monsieur Grosmatou retournait vers le quartier général en trottinant.

Elle le regarda s'éloigner, puis se tourna vers moi.

— Maintenant, nous mettons un plan au point et nous le répétons jusqu'à ce que je sois à peu près sûre que tu n'échoueras pas.

— «Comment combattre un vampire au corps à corps», c'est ça ?

Elle sourit, narquoise.

— En gros, oui.

Grosmatou étant efficace, les autres nous rejoignirent en un rien de temps près de la forêt. Parker se précipita sans tarder à mes côtés.

— Tawny, ça va ? Que se passe-t-il ?

Je haussai les épaules et secouai la tête. Je ne connaissais pas toutes les réponses à ses questions.

— On se concentre sur moi, je vous prie, cria Connie. Vous êtes ici pour apprendre comment vous débarrasser d'un clan indésirable. Je vais mettre un plan au point et vous apprendre ensuite comment l'exécuter.

Le vieux monsieur en costume s'assit par terre, à bout de souffle. Si sa longue barbe blanche n'avait pas suffi à trahir son âge, sa faiblesse physique l'aurait fait.

Je ne connaissais toujours pas son nom, et à ce stade, il me paraissait impoli de le lui demander. Je savais qu'il était le dirigeant des Cimetières, le boulot le moins plaisant du lot. Mais sérieux, à quoi un vieux monsieur si frêle pouvait servir dans un violent combat au corps à corps ?

Connie se racla la gorge pour attirer l'attention de tout le monde et poursuivit.

— Nous sommes clairement dans une position désavantageuse avec notre groupe bigarré composé de surnaturels, d'une normale dotée d'une magie dont elle ne sait pas se servir et d'une adolescente.

— Hé ! nous récriâmes Melony et moi à l'unisson.

— Je saurais me servir de ma magie si tu m'apprenais à le faire, m'exclamai-je.

— Et j'ai dix-huit ans ! Ça veut dire que je suis adulte ! protesta Melony.

— Si tu le dis, marmonnai-je assez fort pour qu'elle m'entende.

— Au moins, je proviens d'une lignée de magicks puissants, moi !

— Au moins, je sauve des vies au lieu d'essayer d'en prendre, moi !

— Eh bien, moi, au moins, je...

— Ça suffit ! hurla si fort Connie que sa réprimande secoua les arbres.

Nous arrêtâmes notre prise de bec et croisâmes les bras. De nouveau, en harmonie parfaite.

On aurait pu croire que Melony serait de mon côté, puisque je lui avais sauvé la vie la semaine précédente, mais c'était faux. Elle était toujours en colère suite à notre première rencontre quelques jours avant ça, au cours de laquelle son grand-père et elle avaient tenté de me tuer, mais j'avais survécu et aidé à déjouer leurs plans diaboliques. Peu importait que je me sois rendue jusqu'au Maine pour la sauver de son étrange enlèvement magique. Elle me détestait toujours. Sale gosse.

— Les vampires sont plus forts, plus rapides et plus intelligents que vous tous réunis. Et beaucoup plus difficiles à tuer, aussi.

— Une minute. Pourquoi Greta n'est pas présente ? demanda Buckley, l'agent de liaison pour l'Agriculture.

— Tu sais ce que je pense de l'ange, expliqua froidement Connie.

La tension émanait d'elle par vagues épaisses et colériques. Nous évitâmes tous son regard pour ne pas l'énerver davantage.

— Donc, je disais que dans des circonstances normales, aucun de vous n'aurait la moindre chance contre un vampire. Voilà pourquoi nous devons nous assurer que les circonstances ne soient pas normales.

Elle s'interrompit pour nous laisser assimiler ses paroles.

— Avec l'intérimaire, je suis allée rencontrer Vanessa Vane ce matin. Elle nous a dit que son restaurant ouvrait ce soir. S'il y a d'autres membres dans son clan, ils viendront pour l'inauguration. Nous ignorons à combien de vampires étrangers nous avons à faire. Nous ne pouvons pas le savoir, il est donc d'autant plus important d'être bien préparés à tout.

Monsieur Grosmatou, qui était étrangement silencieux jusque-là, sauta sur une branche basse pour s'adresser au groupe.

— Pour cette mission, c'est Connie qui dirige les opérations. J'attends de vous que vous lui accordiez le même niveau de respect qu'à moi.

Je ricanai tout bas et masquai très vite ma réaction sous un toussotement.

— Pardon, marmonnai-je, en me couvrant la bouche pour cacher mon sourire persistant.

— Nous passerons à l'action ce soir pendant l'inauguration, annonça Connie en rivant son regard menaçant sur moi tandis qu'elle s'adressait à tout le groupe. Il me faut la moitié d'entre vous à l'intérieur et l'autre moitié dans la rue.

Parker leva la main.

— On peut se charger de l'intérieur avec Tawny. Ça ressemblera à un rencard.

— Parfait, approuva Connie, un sourire aux lèvres. Melony, tu seras avec Buckley pour faire pareil.

— Mais il a genre l'âge de mon père ! protesta la jeune fille de dix-huit ans.

Buckley lui adressa un clin d'œil, déclenchant l'hilarité de Parker, la mienne, et celle du vieux monsieur en costume.

— Je te promets de me comporter en parfait gentleman, dit-il.

Il remonta les manches de sa sempiternelle chemise écossaise comme s'il se préparait à passer à l'action tout de suite.

— Mais je vais sans doute devoir porter quelque chose de plus convenable.

— C'est aussi ce que je pensais, confirma la vampire.

— Je vais devoir mettre une tenue plus chic, moi aussi ? demandai-je.

Je ne savais pas si ma tenue de vampire convenait à l'inauguration d'un restaurant.

— On ne parle pas de vêtements, répliqua Buckley, un grand sourire aux lèvres.

Puis, *pouf*, il disparut sous mes yeux.

13

Un petit moineau apparut au milieu de nulle part et alla se percher sur la même branche que monsieur Grosmatou.

— Waouh ! Que s'est-il passé ? Où est Buckley ? m'écriai-je en tournant sur moi-même pour scruter la zone.

— Relax, je suis juste là, pépia l'oiseau. Tu ne savais pas que j'étais un métamorphe ?

— C'est pour ça qu'il se charge de l'Agriculture, m'expliqua Parker, dans mon dos. C'est facile pour lui de surveiller les champs, parce qu'il peut se transformer en n'importe quel animal, tant qu'il est présent dans cette zone géographique.

Je fixai des yeux le moineau, la bouche grande ouverte.

— Pourquoi une telle restriction ? La magie ne peut pas tout faire ?

— Elle n'est pas censée être flamboyante et attirer l'attention. Elle ne peut exister que si elle est soigneusement dissimulée, répondit-il.

— Ça suffit, s'énerva la vampire. Nous ne sommes pas là pour faire une leçon sur les métamorphes à une normale. Nous sommes là pour parler de vampires et de la façon de les arrêter. Buckley, va étudier le bâtiment. C'est le nouveau restaurant indien à l'angle de Main et de Grand. Essaie de déterminer combien de vampires nous aurons à gérer. Ne reviens pas tant que tu n'as pas d'informations utiles.

L'oiseau hocha sa mignonne petite tête et s'envola. Je le perdis vite de vue entre les arbres sombres.

— Tu es une vampire, Connie, lança Parker avec un sourire espiègle. Alors, dis-nous, comment on te tue ?

Elle lui montra les dents et riva ses yeux de prédateur sur lui.

— Les règles sont différentes pour les morts-vivants, intervint le vieux monsieur en costume. Sinon, un *ziou* et un *youhou* suffiraient.

Il mima le geste de balancer quelque chose – une batte de baseball, peut-être ? – puis répéta son cri de joie.

Parker me donna un petit coup sur le bras pour attirer mon attention.

— C'est notre faucheur.

Un faucheur! Oh!

Je me dressai sur la pointe des pieds pour lui parler dans l'oreille.

— Comment il s'appelle?

Parker haussa les épaules.

— C'est ça, le truc. Personne ne le sait. Et je crois que lui aussi l'ignore.

— Comment peut-il ignorer son propre nom? demandai-je, sans doute un peu trop fort.

— Appelez-moi F, ma chère. Et merci de poser la question... même si ce n'est pas à moi.

— Comment pouvez-vous ne pas...

— Cessez tous ces apartés! s'énerva Connie, envoyant une nouvelle vibration dans la forêt.

La seconde suivante, elle se tenait derrière moi, son bras autour de mon cou.

— Les vampires sont rapides.

Elle mordit l'air juste à côté de mon oreille.

— Ils peuvent vous tuer en un clin d'œil.

Connie me lâcha et apparut derrière Melony, qu'elle fit mine d'étrangler à son tour.

— Dans ce cas, qu'est-ce que vous faites?

Melony se trémoussa et se débattit, en vain.

Connie éclata de rire.

— Les vampires sont rapides, aussi. Tu penses pouvoir lutter et gagner contre l'un d'eux? Réfléchis encore, princesse.

Elle lâcha Melony, et la jeune sorcière s'affala.

Ensuite, la vampire voulut s'en prendre à Parker, mais elle finit tête la première par terre. C'était arrivé si vite que j'ignorais comment il l'avait maîtrisée.

— Très bien, le félicita-t-elle.

Elle se releva et s'épousseta.

— Maintenant, dis aux autres comment tu as fait.

— Ne jamais perdre la cible de vue.

— Bien, approuva Connie. Quoi d'autre?

— Utiliser sa force contre elle. Des mouvements rapides peuvent mener à des chutes brutales.

Connie fila vers F, qui fit un pas de côté. Elle le dépassa à toute allure, puisqu'elle bougeait trop vite pour changer de direction à la dernière seconde.

— Les tactiques d'évitement fonctionnent, annonça-t-elle avec un petit sourire. Jusqu'à un certain point.

Elle vola de nouveau vers F, qui esquiva une nouvelle fois. Elle continua à rebrousser chemin et se jeter sur lui jusqu'à ce qu'elle parvienne à le tacler.

— Vous voyez, commenta-t-elle en soufflant. Cette

technique ne fait que repousser l'inévitable, elle ne vous permet pas de gagner.

— Oh, j'aurais pu continuer toute la journée, affirma F avec un clin d'œil. Mais je me suis dit que plus vite tu arrivais là où tu voulais en venir, plus vite nous pourrions reprendre le cours de notre journée.

Aucun doute, le vieil homme était rapide, quand il le voulait. Je commençais à me dire que notre faucheur maison était bien plus de choses qu'il n'y paraissait au premier regard.

Connie grogna de frustration, puis elle se jeta sur moi. Elle bougeait vite, mais moi aussi, maintenant. Je balançai mon poing.

Il atteignit sa cible.

— Aïe! cria-t-elle, même si je savais qu'elle ne sentait pas la douleur.

Elle était peut-être tellement habituée à se faire passer pour une humaine que c'était devenu une réaction machinale. Ou alors, c'était sa fierté qui souffrait tellement qu'elle n'avait pu s'empêcher de s'exclamer.

Elle se retourna vers moi. Cette fois-ci, elle me maîtrisa.

— Dès que tu deviens trop confiante, tu perds, me prévint-elle avec un air de satisfaction hautain.

Elle me lâcha, puis recommença à s'en prendre à nous tous un par un.

Sans relâche.

Et encore un peu.

Je n'avais jamais été très sportive, mais cette session d'entraînement était facile, maintenant que je savais quoi faire. La magie vampirique s'accompagnait d'une forme physique parfaite. Je ne fatiguais pas, ne me blessais pas, ne ralentissais pas.

Mais Connie non plus.

Ni nos ennemis.

Même si cet après-midi d'entraînement était utile, je n'étais pas certaine qu'il nous prépare suffisamment pour que nous gagnions.

Qu'est-ce que j'espérais me tromper !

14

’entraînement de Connie dura si longtemps que les non-vampires de la bande montrèrent des signes de fatigue. Leur taux de succès de maîtrise de Connie avait déjà atteint son point culminant et était à présent en rapide déclin. J’en venais à me demander si, à ce stade, l’entraînement était toujours utile.

— Euh... On devrait peut-être faire une pause pour recharger nos batteries avant l’opération de ce soir, suggérai-je alors que Connie serrait Melony contre sa poitrine.

— Les vampires n’ont pas besoin de repos ! rétorqua-t-elle sèchement.

— Mais les humains et les sorcières, si, intervint Parker.

Je jetai un regard brûlant de curiosité à F, qui sourit et haussa les épaules.

— Les faucheurs ne sont pas comme les vampires ou les humains, ou n'importe qui et n'importe quoi d'autre. Ne vous en faites pas pour moi. Je vais m'en sortir.

— Je m'inquiète pour vous tous, grommela Connie. Nos chances ne sont pas bonnes, surtout si nous affrontons tout un clan.

Un bruissement de feuilles résonna au fond de la forêt. Nous tournâmes la tête dans cette direction, Connie et moi. Les autres n'entendirent rien avant que le bruit se rapproche.

Un grand chevreuil brun, doté de bois gigantesques, courut dans notre direction. Ses sabots frappaient violemment le sol à son approche.

— Buckley, au rapport, lança Grosmatou depuis l'arbre où il avait dormi une bonne partie de la journée.

Je ne savais même pas qu'il était réveillé.

Le temps de quitter le chat des yeux pour reporter mon attention sur le chevreuil, celui-ci avait disparu et Buckley se tenait à sa place.

Par chance, sa magie de métamorphe lui permettait de revenir totalement habillé. Je ne crois pas que j'aurais pu supporter une connaissance aussi intime de sa personne – ou de n'importe qui d'autre d'ailleurs – en plus du reste.

Buckley n'arborait cependant pas qu'une chemise en flanelle et un jean, mais un froncement de sourcils aussi. Cela m'inquiéta.

— Parle, insista Connie en le voyant hésiter trop longtemps.

— Ce n'est p-pas bon, balbutia-t-il enfin. J'ai compté au moins quatre vampires en plus de la première.

— Il y en aura d'autres ? voulut-elle savoir. Tu as entendu leurs projets ?

— C'est flou. Dans tous les cas, nous devrions agir vite pour minimiser le risque.

Grosmatou sauta de sa branche et avança dans notre direction.

— Je suis d'accord, approuva-t-il en se dirigeant vers l'orée de la forêt.

— À quelle heure commence l'inauguration ? demanda Connie.

— Sept heures, répondit Buckley, impatient de prouver qu'il était revenu avec des réponses.

— Nous nous y rendrons donc à sept heures et demie. Nos quatre hommes de l'intérieur peuvent partir. F, viens avec Grosmatou et moi au quartier général, nous devons planifier nos actions à l'extérieur.

Melony croisa les bras et donna un coup de pied dans la terre.

— Euh... hommes? On est aux vingt et unième siècle, madame la vampire. Vous pourriez être plus inclusive?

— Oh, j'ai blessé tes petits sentiments de mortelle? se moqua Connie en haussant les sourcils. Essaie de vivre plusieurs siècles, et ensuite reviens me dire en quoi les petites subtilités sociales actuelles te semblent importantes. Maintenant, comme je le disais, vous pouvez partir. Ne m'oblige pas à le répéter.

— Ou sinon? la défia l'adolescente, une main sur la hanche.

— C'est bon, ça suffit. Viens, Melony, intervins-je.

Je passai le bras autour de ses épaules et l'obligeai à sortir de la forêt avec moi.

— Lâche-moi! protesta-t-elle, mais elle était incapable de se libérer de ma poigne puissante, grâce à mes pouvoirs vampiriques.

J'étais aussi forte et rapide que Connie, bien que moins entraînée.

Tout irait bien pour moi ce soir, mais qu'en serait-il de Melony? De Parker? Des autres?

Les sorciers semblaient tellement vulnérables.

Même Buckley serait dans une position désavantageuse en tant que métamorphe. Jusqu'à présent, je l'avais seulement vu se transformer en moineau et en chevreuil. Parker avait dit qu'il ne pouvait prendre que la forme d'animaux du coin, et je l'imaginais mal se transformer en loup ou en crocodile au milieu d'un restaurant ou d'une rue bondée.

J'ignorais toujours l'étendue des pouvoirs de Grosmatou, je savais juste qu'il était un puissant magicien. Être bon attaquant ne signifiait cependant pas être doué pour se défendre. Si ça se trouvait, il était peut-être le plus en danger de nous tous.

Il était donc d'autant plus important que Connie et moi dirigions les opérations.

Nous deux contre au moins cinq vampires œuvrant sans doute en cohésion et ayant eu bien plus de temps pour se préparer. Les chances n'étaient pas de notre côté.

Mais si l'agence d'intérim paranormale échouait, toute la ville était en danger. J'ignorais à quelle fréquence les vampires avaient besoin de se nourrir, mais j'étais à peu près sûre que personne, à Beech Grove, ne voulait perdre la vie aux mains d'un prédateur nocturne.

Même s'ils éliminaient une seule personne, ce serait trop.

Nous devions gagner.

Ou mourir en essayant.

J'avais l'impression qu'une éternité s'était écoulée depuis mon arrivée au quartier général avec mon sac rempli de steaks dans l'espoir d'obtenir des réponses. Maintenant, j'avais plus de questions que jamais, et je ne vivrais sans doute pas assez longtemps pour en poser une seule.

15

Parker se présenta à ma porte à sept heures pile.

— Prête pour notre grand rencard? demanda-t-il, plein d'espoir.

Il était splendide avec son costume bleu marine et ses mocassins, mais j'aurais préféré qu'il reste chez lui et qu'il laisse Connie et moi gérer ce conflit.

Melony, lui et les autres allaient nous gêner dans cette bataille. Ma malédiction de vampire m'empêchait de vouloir le protéger par tendresse malavisée, mais je ne voulais quand même pas d'obstacles. S'il se mettait en travers de notre chemin ou commettait une erreur, il y avait plus de risques que je meure à mon tour.

Et comme Connie s'était empressée de le souligner, j'étais une jeune vampire inexpérimentée, et pas vraiment une vampire non plus. Les chances étaient déjà contre nous.

— Eh bien, je suis prêt pour nous deux, commenta Parker en poussant un soupir rêveur, puisque je n'avais pas répondu. Tu es magnifique, Tawny.

Je levai les yeux au ciel.

— Ce n'est pas un rencard, c'est une mission. Importante, en plus.

— Et pourquoi ça ne peut pas être un rencard aussi? répliqua-t-il avec un sourire timide.

Il me coupa alors que je m'apprêtais à lui répondre.

— Je sais, tu es une grande et méchante vampire à présent. Mais ça ne durera pas éternellement, Tawny. Avec un peu de chance, on en aura fini ce soir et tu retrouveras ton état normal. À ce moment-là, nous aurons un vrai rencard. Un rencard auquel tu auras envie d'aller.

— Nous devons nous concentrer sur notre tâche, lui rappelai-je en m'asseyant pour enfiler des escarpins rouges.

C'était ma seule paire de jolies chaussures à talons. Elle était assortie à une longue robe à col montant qui dissimulait mon plastron. Grosmatou m'avait dit que cet accessoire me protégerait. Connie prétendait que le chat inventait des choses. Au final, ça ne me coûtait rien de porter ce truc, puisque grâce à l'influence de la magie vampirique, je n'éprouvais aucune douleur ou inconfort. Voilà pourquoi j'avais décidé d'augmenter mes chances et de le garder jusqu'à ce que Grosmatou me demande de le lui rendre.

J'espérais que Vanessa ne me reconnaîtrait pas, dans un autre contexte, mais mes cheveux rose chewing-gum se démarquaient dans la foule. Ce ne serait pas si mal que ça qu'elle me repère. À vrai dire, si Vanessa se focalisait sur moi, ça permettrait à Connie de se glisser discrètement pour la prendre par surprise.

Dans un cas comme dans l'autre, j'étais prête.

— Ça te va si je conduis ? demanda Parker.

J'attrapai mon sac à main, sortis sous le porche et balayai sa remarque d'un geste.

— Fais-toi plaisir.

Le voyant se diriger vers le côté passager, j'usai de ma vitesse accrue pour le coiffer au poteau.

— Je m'occupe de ma propre portière, merci.

Il s'esclaffa.

— Qu'est-ce qu'il y a de si drôle ? demandai-je dès qu'il s'installa sur son siège et ferma sa portière.

Il me dévisagea un moment, puis secoua la tête.

— Rien, oublie.

Je saisis son poignet avant qu'il puisse mettre la clé dans le contact et le forçai à me regarder.

— Dis-moi.

Il soupira et se passa une main dans les cheveux, gâchant tout le gel soigneusement mis avant de venir me chercher.

— Rien, c'est juste que… tu es toi, et en même temps non. C'est à la fois comme si j'étais avec Tawny et comme si je ne l'étais pas.

Je haussai un sourcil et me retins de sourire.

— Tu veux dire que je suis le vampire de Schrödinger ?

Il éclata d'un rire sonore.

— Un truc du genre.

— Ce n'était pas une blague, répliquai-je en le lâchant pour croiser les bras.

— Je sais.

Il mit le contact.

— C'est bien fait pour moi, j'imagine, hein ? Je t'ai évitée pendant des jours en pensant bien agir. Je voulais seulement te protéger, mais maintenant, tu es la vampire de Schrödinger qui s'apprête à entrer en guerre en talons hauts.

— Je suis capable de prendre mes propres décisions, grommelai-je.

— Maintenant que c'est établi, je vais te donner beaucoup d'occasions de le faire, me promit-il. En d'autres termes, tu me verras plus souvent.

Je me tournai vers la fenêtre.

— Non, merci.

— C'est juste la vampire qui parle. La vraie Tawny a envie de ce rencard que je te propose. Il y a quelque chose de spécial entre nous. C'est là depuis le début. Et elle le sait.

— Peut-être, mais j'imagine que ce truc spécial est mort en même temps que moi, ronchonnai-je.

Je me posais la question depuis que Grosmatou m'avait donné cette magie. Étais-je morte ? Mort-vivante ? Quelque chose de totalement différent ?

Parker y répondit pour moi.

— Tu n'es pas morte, Tawny. Tu n'es même pas une mort-vivante.

Je me retournai vers lui, mais il avait les yeux concentrés sur la conduite.

— Ce n'est pas le cas des vampires, alors ?

— Tu n'en es pas totalement une, affirma-t-il.

Peut-être pour moi, peut-être pour se le rappeler à lui-même aussi.

— Tu t'es juste déguisée en vampire quelque temps.

— Seulement si on gagne, soulignai-je. Les chances sont contre nous, tu sais.

— C'est sans doute vrai, mais on n'a pas le droit à l'erreur. On va gagner.

Je penchai la tête sur le côté, pensive.

— Qu'est-ce qui te rend si sûr de toi ?

Il me lança un bref coup d'œil, un grand sourire et un clin d'œil.

— Parce que c'est la seule façon pour que tu acceptes un rencard avec moi. Je dois donc m'assurer qu'on l'emporte. Tu peux compter sur moi, Tawny. Compte sur ce lien qui nous unit.

Eh bien, nous verrons…

16

Le trajet ne nous prit même pas trois minutes. C'était justement pour sa proximité avec le centre-ville que j'avais entre autres décidé de louer ce cottage. C'était sans doute pour pouvoir fuir plus vite que Parker avait voulu s'y rendre en voiture. Il la gara à deux pâtés de maisons du restaurant et nous attendîmes que Grosmatou arrive et nous fasse signe de passer à l'action. J'ignorais pour ma part que nous attendions son signal, mais Parker, non, visiblement.

— Tu as eu droit à un topo plus détaillé que moi sur la mission ? demandai-je, frustrée, tandis que nous traversions le parking en gravier.

Parker avançait d'un pas tranquille, et j'avais beaucoup de peine à me forcer à suivre son rythme.

— Oui. Grosmatou est venu me voir cet après-midi pour me parler du plan que Connie, F et lui ont concocté au quartier général. D'après ce que j'ai compris, il a aussi rendu visite à Buckley.

— Mais pas à Melony et moi ?

J'ignorais pourquoi je m'inquiétais que cette dernière soit mise à l'écart. Je la détestais bien avant cette malédiction vampirique. Malgré tout, la justice était la justice, et notre situation actuelle n'était pas juste.

Parker fronça les sourcils.

— Vous êtes encore toutes nouvelles, elle et toi. Ce ne serait pas juste de vous imposer trop de choses.

— Mais c'est juste de nous laisser en dehors de vos projets ? rétorquai-je.

— L'important n'est pas ce qui est juste, murmura-t-il parce que nous nous rapprochions du restaurant en nous mêlant à d'autres passants. C'est la réussite de la mission. Maintenant, prends-moi la main et essaie de paraître heureuse d'être avec moi.

J'entrelaçai mes doigts avec les siens, même si je n'appréciais pas qu'il me dise quoi faire. Puis il ouvrit la porte et me la tint tandis que j'entrais dans le restaurant.

Une hôtesse souriante vint nous accueillir. Elle n'avait pas de canines pointues, donc soit elle n'était pas une vampire, soit elle était trop jeune pour avoir acquis tous ses pouvoirs.

— Bienvenue à l'inauguration de *Bollyzarre*. Nous proposons une nouvelle approche audacieuse des plats indiens traditionnels. Une table pour deux?

— Oui, s'il vous plaît, répondit Parker avec un sourire assorti au sien.

Elle attrapa deux menus et nous conduisit à une table près du comptoir de service argenté que j'avais repéré lors de ma précédente visite avec Connie.

— Ça a l'air bondé, commenta Parker, qui me tenait ma chaise.

Je m'assis, dépliai ma serviette et la posai sur les genoux.

— Ce restaurant est apparu quasi du jour au lendemain. Je me demande comment ils ont réussi à faire passer le mot si vite, répondis-je en observant la salle effectivement bondée.

— Eh bien, les va… enfin, les végétariens, disons, se reprit-il avec un sourire en coin. Les végétariens savent être charmants quand ils le veulent. Il leur est facile d'attirer les autres.

Un frisson me parcourut de la tête aux pieds. En étais-je capable aussi? Et sinon, le serais-je bientôt? Allais-je me perdre devant la perspective de ces nouveaux pouvoirs? Je secouai la tête.

— Je commence à penser que les végétariens sont capables de presque tout, chuchotai-je.

— Oui, c'est bien ça le problème.

— Pour être honnête avec toi, je ne vois pas comment quiconque, en dehors de Connie et moi, peut avoir une chance contre eux.

— Pfff, se moqua Parker. Tu es une vam... végétarienne depuis dix heures et tu te crois déjà meilleure que moi?

J'attrapai le menu plastifié et l'ouvris.

— C'est une constatation rationnelle. J'énonce un fait, voilà tout.

— Peut-être, mais tu ne disposes pas d'assez d'informations pour parvenir à une conclusion pertinente.

Une serveuse apparut avec un carnet à la main. Pas une vampire non plus. Elle semblait avoir quelques difficultés à serpenter entre les tables dans son sari violet foncé aux fils dorés.

— La dame et moi allons choisir le buffet, annonça Parker alors que je n'avais même pas fini de lire les entrées. Si vous avez des plats végétariens, bien sûr.

Je lui donnai un coup de pied sous la table tout en souriant à la serveuse. Nous devions maintenir notre couverture, il le savait, voilà pourquoi il me taquinait. *Argh.*

— Oh, oui. Nous sommes des spécialistes de la

cuisine végétarienne, répondit-elle d'une voix guillerette. Je vais vous apporter de l'eau. Je vous laisse vous servir en attendant. Bon appétit !

— Après toi, me proposa-t-il avec un air arrogant et content de lui.

Je me levai en faisant très attention à ne pas trahir mon agacement envers mon « rencard ». Il me suivit, et il essaya même de me prendre la main, mais je l'en empêchai.

Nous attrapâmes une assiette sur le chauffe-plats et nous dirigeâmes vers la file au buffet. J'aimais manger indien quand je me rendais à New York ou dans une autre grande ville pour rencontrer mon éditeur ou participer à une séance de dédicaces. La campagne géorgienne me paraissait un endroit étrange pour un restaurant de ce genre, mais de quel droit je jugeais ? Je n'y connaissais rien dans le domaine de la restauration.

J'ignorai le poulet au beurre avec un soupir déçu. En temps normal, c'était mon plat préféré, mais Parker avait dit à la serveuse que j'étais végétarienne, et je ne voulais pas attirer les soupçons sur nous à cause d'un petit détail sans importance. J'optai donc à la place pour des pois chiches au curry, divers plats de panir, et une énorme portion de naan.

Est-ce que j'avais faim ? Non.

Allais-je manquer l'occasion de m'empiffrer de plats qui semblaient si délicieux? Même pas en rêve.

Dès que nous fûmes assis, j'arrachai un morceau de naan, le badigeonnai d'une cuillère de curry et en fourrai un gros bout dans ma bouche.

Mais dès l'instant où la nourriture toucha ma langue, je saisis ma serviette et recrachai tout dedans.

— Ne mange rien, murmurai-je à Parker. Quelque chose cloche avec la nourriture.

17

Qu'est-ce qui ne va pas? demanda-t-il, en posant heureusement sa cuillère avant de mettre la nourriture compromise.

— Surveille ta réaction, chuchotai-je en me penchant vers lui, mais je suis presque sûre que la nourriture est empoisonnée.

— Qu'est-ce qui te fait dire ça? demanda-t-il à voix haute.

— Ça a un goût...

J'agitai le poignet, parce que je ne trouvais pas le bon mot.

— Bizarre? proposa-t-il en haussant un sourcil. Ça fait partie du nom, non? Bolly*zarre*.

Je secouai la tête et m'adossai à ma chaise.

— Non, quelque chose ne va pas. Je ne sais pas quoi exactement, mais je le sens.

— Tu n'as pas mangé depuis que tu es devenue une... euh... végétarienne, non? Tes sens renforcés sont peut-être juste submergés par toutes ces saveurs, suggéra-t-il.

Même si je comprenais son raisonnement, cela me hérissait qu'il ne me croie pas sur parole. Nous perdions un temps précieux.

Je me remémorai son discours sur la capacité des vampires à attirer les autres. Pouvais-je me servir de ma magie pour mettre un terme à ce débat?

— Il y a quelque chose dedans qui ne devrait pas s'y trouver. *Crois-moi*, ajoutai-je en insistant sur chaque syllabe de la dernière phrase avec emphase.

Parker posa sa main sur la mienne.

— Je te crois, déclara-t-il enfin.

Avait-il changé d'avis grâce à ma magie? Je n'étais pas certaine de vouloir le savoir. Être capable de contraindre quelqu'un à suivre ma volonté était un pouvoir trop grand, à mes yeux. C'était peut-être pour ça que ni Connie ni Grosmatou ne l'avaient mentionné.

Je reculai ma chaise et me levai.

— Je vais aux toilettes, annonçai-je, avec un

sourire agréable pour le cas où quelqu'un nous observerait.

Plus bas, j'ajoutai :

— Essaie de contacter les autres.

Il sortit immédiatement son portable et envoya un texto. En me rendant aux toilettes, je repérai Buckley et Melony assis de l'autre côté du restaurant. Il avait attrapé son téléphone et observait déjà l'écran, les sourcils froncés.

Je m'assurai d'un coup d'œil que l'attention de Parker était occupée ailleurs et dépassai les toilettes pour me rendre à la cuisine.

Les portes battantes annoncèrent mon arrivée avec une soudaine succession de mouvements qui attira l'attention de tout le personnel de cuisine.

Eh bien, je savais maintenant où Vanessa cachait tous les végétariens. Euh, les vampires. Les quatre autres repérés par Buckley étaient à différents postes en cuisine, les sauces, les grillades, les desserts et le dressage des assiettes. Vanessa se tenait devant un comptoir en inox et coupait un oignon à la vitesse de l'éclair.

— J'aurais dû te refouler dès la porte, marmonna-t-elle.

Brusquement, elle cessa ce qu'elle faisait et me

lança le couteau de cuisine. Il s'enfonça dans la porte jusqu'au manche, à deux centimètres de mon oreille.

Waouh, je ne m'attendais pas du tout à ça. J'avais beau être rapide à présent, Vanessa l'était encore plus, et n'avait visiblement aucun complexe à se montrer violente.

— C'était ton avertissement, ragea-t-elle. La prochaine fois, je ne te manquerai pas.

Je reculai, mais cognai la porte. D'accord, maintenant, j'avais peur. J'ignorais encore tant de choses concernant les vampires. Est-ce qu'un couteau me tuerait ? Ou fallait-il que ce soit un pieu en bois ? Et étais-je capable de couper la tête de quelqu'un, vampire ou non ? Je présumais que le coup de l'ail ne marchait pas, étant donné la quantité qu'il y en avait dans les plats et dans la cuisine. Alors, que me restait-il pour me battre ?

Maintenant que j'avais révélé ma présence, je ne pouvais pas reculer.

Mais étais-je en mesure de gagner ?

Je baissai un peu la tête et plissai les yeux, espérant paraître plus menaçante que terrifiée.

— Qu'est-ce que vous mettez dans la nourriture ? Pourquoi empoisonnez-vous les normaux ? demandai-je d'une voix puissante qui ne trembla pas.

— Qu'est-ce qui te fait croire que nous faisons

quelque chose d'étrange ici? répondit-elle en haussant les sourcils.

Elle s'avança vers moi avec un léger balancement des hanches. Elle ne s'arrêta qu'à quelques centimètres pour saisir le couteau à côté de ma tête. Elle ne le retira pas, cependant. À la place, elle s'approcha davantage. Je percevais son haleine fétide par-dessus les odeurs plus âcres de la cuisine.

— Ce que nous faisons aux normaux, ce sont nos affaires. Tout comme ce restaurant. Ce sont *nos* affaires et tu n'es pas la bienvenue. Sors. Maintenant.

Elle prononça les derniers mots en dévoilant ses dents pointues.

J'aurais pu pousser la porte et m'éloigner de cette confrontation. Même si Vanessa cherchait à accomplir quelque chose avec sa nourriture empoisonnée, elle ne voulait sans doute pas causer une scène au beau milieu du restaurant, à la vue de tous les clients. J'aurais pu me précipiter vers Parker, ou bien Melony et Buckley, mais j'avais déjà décrété qu'ils me ralentiraient, n'est-ce pas?

— Connie vous l'a demandé gentiment, grognai-je en me penchant vers elle à mon tour. Vous savez que vous ne pouvez pas rester à Beech Grove. Cette zone appartient déjà à quelqu'un.

— Et je te l'ai déjà demandé gentiment aussi. On

dirait que nous avons du mal à écouter, toutes les deux. Hum. J'imagine donc que parler ne nous mènera nulle part.

Sur ces mots, elle récupéra le couteau de cuisine dans la porte. Je la suivis des yeux, prête à parer son coup, mais j'étais tellement concentrée sur cette menace que je ne vis pas mon attaquante sortir un pieu en bois de son tablier et l'enfoncer dans ma poitrine.

18

’en eus le souffle coupé, mais je ne ressentis aucune douleur. Un pieu en plein cœur, ça aurait dû me tuer, non ?

Vanessa et moi baissâmes toutes les deux la tête pour regarder ce qu'il se passait. Le bois avait éclaté jusqu'à la main de Vanessa.

Il n'avait pas pénétré mon cœur.

Le plastron !

Ce stupide accessoire avait tenu bon et m'avait très certainement sauvé la vie.

Nous nous dévisageâmes, puis Vanessa leva l'autre bras, celui tenant le couteau. J'esquivai, parce que je n'avais pas envie de perdre ma tête ou tout autre membre. J'en aurais besoin en redevenant humaine.

J'oubliai cependant de m'ajuster à ma nouvelle

puissance et je me poussai avec bien trop de force, si bien que je tombai contre un lave-vaisselle industriel fumant.

Non, non, non, non !

Je devais reprendre l'équilibre avant que Vanessa ne se jette de nouveau sur moi. Je n'étais clairement pas dans une position avantageuse. Ces vampires de *Bollyzarre* avaient pour eux l'expérience, le nombre et le fait d'être sur leur terrain.

J'étais cuite.

Du moins, je l'aurais été si la porte ne s'était pas ouverte brusquement et qu'un puissant brouillard magique n'avait pas envahi la cuisine. Un homme de grande taille en costume bleu marine et mocassins entra ensuite.

Parker !

Je voulus courir vers lui, lui prendre la main et m'excuser de l'avoir considéré comme un handicap. Puis le remercier de m'avoir sauvé la vie. Non, je n'étais toujours pas amoureuse de lui et j'en étais encore loin. J'étais toutefois incroyablement reconnaissante de son intervention qui m'avait permis de garder ma tête accrochée à mon corps et de vivre une journée de plus dans ce monde de dingues.

Il n'y avait qu'un seul problème : je ne pouvais pas bouger. Je me débattis intérieurement, tirai sur tous mes membres, mais je ne pus même pas remuer un sourcil.

— Tawny! Tawny! m'appela Parker en contournant les chefs vampires, tous figés sur place.

J'avais beau avoir envie de lui répondre, j'en étais incapable. Heureusement, il me repéra très vite sur le sol collant près du lave-vaisselle.

— Tawny! s'exclama-t-il.

Il plaça la main sur ma poitrine, me libérant du sort qu'il avait lancé.

Je le laissai m'aider à m'asseoir, même si je n'avais plus besoin d'assistance, maintenant que le brouillard magique ne m'affectait plus.

Il vérifia que je n'étais pas blessée ; il haletait et son cœur battait la chamade.

— Comme tu ne revenais pas, je me suis dit que tu avais dû tenter d'affronter le clan toute seule. Et tu vois, j'avais raison.

Il me sourit gentiment, même s'il continuait à froncer les sourcils, inquiet.

— Comment tu as su ?

Moi qui croyais l'avoir berné et avoir trouvé le plan parfait pour donner une chance à notre équipe de gagner.

— Parce que je te connais. La vraie toi.

Il me prit la main et l'embrassa.

— Ça veut dire que je ne suis plus la vampire de Schrödinger? demandai-je, un lent sourire aux lèvres.

— Je ne sais pas ce que tu es exactement. Mis à part plutôt extraordinaire, je veux dire.

— Et courageuse? suggérai-je.

— Je pense qu'idiote conviendrait mieux, répliqua-t-il. Plus sérieusement, tu vas bien?

— Oui, confirmai-je avant de taper sur mon plastron. Comme neuve, grâce à ce petit chéri.

Il fronça les sourcils et posa de nouveau la main sur ma poitrine.

— C'est le truc que tu portais tout à l'heure? Cette espèce de collier? À quoi il sert?

— À m'empêcher de me faire poignarder en plein cœur, et apparemment, ça marche. Connie devrait porter le sien plus souvent.

J'avais eu tort à propos d'une chose importante, mais Connie aussi. Même si les vampires étaient forts et intelligents, ils n'avaient pas toujours raison et n'étaient pas les seuls à posséder des compétences appréciables.

Parker semblait perplexe.

— Je peux le voir? demanda-t-il en s'asseyant sur ses talons pour me laisser un peu de place.

— À vrai dire, c'est sous ma robe, donc...

Il me décocha un sourire coquin, puis utilisa sa

magie pour détacher le plastron derrière mon cou et défaire les attaches autour de ma taille. L'instant d'après, le bouclier glissait sous ma robe et volait jusqu'à Parker.

— Tu sembles être un expert dans ce domaine, commentai-je avec un ricanement malvenu.

Parker ne répondit rien, pas même une blague.

— C'est Grosmatou qui te l'a donné? demanda-t-il en passant la main sur le métal.

J'acquiesçai et je l'observai pendant qu'il examinait l'armure.

— Pour me protéger.

— Non, ce n'est pas pour ça, répondit-il en secouant la tête. Je ne m'en suis pas rendu compte tout à l'heure dans mon bureau. J'étais trop emporté par mes émotions pour penser calmement.

Je ne tins pas compte de la partie concernant les émotions, préférant me concentrer sur les faits. Ou du moins, les faits tels que Parker les voyait à présent.

— Rendu compte de quoi? Qu'est-ce qui ne va pas?

— Cette armure ne sert pas à te protéger, murmura-t-il, mais à étouffer ta magie.

Je ricanai de nouveau.

— C'est ridicule. Je peux très bien me servir de ma magie, merci bien.

— De ta magie de vampire, oui. L'alliage du plastron n'est pas fait pour atténuer celle-ci. C'est pour ta magie de sorcière.

J'étais vraiment perdue.

— Non, je n'en ai plus. Tu te souviens ? Grosmatou me l'a reprise.

Parker m'aida à me relever et posa le plastron sur un plan de travail.

— Tu en es sûre ? Quand as-tu essayé de t'en servir la dernière fois ?

— Je n'ai pas essayé, puisque je savais que je n'en avais plus.

Je jetai un coup d'œil à la cuisine, observai Vanessa et les quatre membres de son clan avec précaution. Même s'ils étaient figés sur place, ils étaient toujours très en vie et plus en colère que jamais.

— Essaie de t'en servir maintenant, m'encouragea Parker, qui n'était concentré que sur moi.

Je contemplai mes mains. Étaient-elles capables d'user de magie ? De lancer des sorts ?

Il traversa la cuisine à toute vitesse sans me quitter des yeux.

— Tiens, on peut coincer les chefs dans cette chambre froide et la sceller par la magie, jusqu'à ce que nous soyons en mesure de les ramener au quartier général.

— Tu veux que je fasse tout ça? m'exclamai-je, rétive.

— Non, ouvre juste la porte. Une petite chose. Maintenant que tu ne portes plus le plastron, tu peux y arriver. Tawny, regarde-moi.

Il attendit que je m'exécute.

— Je crois en toi, dit-il.

C'était tout ce que j'avais besoin d'entendre pour croire à cette affirmation ridicule. Comme si j'étais une sorcière, une vampire et moi en même temps. Mais bien sûr.

Je pris une grande inspiration, levai les bras et...

19

La porte s'ouvrit avec une force inattendue et claqua contre le mur. Je fixai la chambre froide avec un regard incrédule. *C'est moi qui ai fait ça ?*

— Je te l'avais dit, lança Parker qui se précipita pour me prendre dans ses bras. Tu n'es pas une normale, Tawny.

— Dans ce cas, je suis quoi ? demandai-je d'une voix étranglée.

Je n'en revenais pas d'avoir conservé ma magie de sorcière tout ce temps sans l'avoir remarqué.

— Je ne sais pas, murmura-t-il contre mes cheveux.

— Mais Grosmatou, si.

Je me crispai. Il savait ce que j'étais et avait choisi

de me le cacher. Même si l'ignorance pouvait me tuer. Il ne s'en tirerait pas comme ça, j'allais m'en assurer.

— S'il ne t'a rien dit, c'est qu'il avait ses raisons, commenta Parker qui me frotta les bras. En tout cas, tu n'es pas une vampire à part entière, donc la malédiction ne t'affecte pas de la même manière qu'eux.

— Ça veut dire que je peux toujours aimer?

Je ne savais plus ce que j'éprouvais à ce sujet. J'avais envie d'aimer les gens, mais j'étais si focalisée sur ma maîtrise de mes pouvoirs de vampire afin de stopper le nouveau clan que je n'avais pas beaucoup réfléchi à ce qu'il adviendrait de Parker et moi ensuite.

— Peut-être pas aimer.

Il me serra la main et inspira lentement avant de poursuivre.

— Si tu as gardé la magie de sorcière, tu garderas peut-être celle de vampire aussi. Je ne sais pas ce que ça signifie, ni comment les deux vont interagir à long terme. Tout ce que je sais, c'est que les règles habituelles ne s'appliquent pas à toi. Tu es différente.

— Oui, tu n'arrêtes pas de me le dire.

Je me mordis la lèvre et regrettai de ne pas sentir la douleur sous cette forme. Pas encore, en tout cas.

— On fait quoi, maintenant?

J'avais peur de toutes les réponses qu'il pouvait me donner.

— On emprisonne les vampires de *Bollyzarre.* On découvre pourquoi ils nous ont pris pour cible. On termine la mission. On oblige Grosmatou à te dire la vérité…

— Et ensuite ?

— Je ne sais pas, dit-il en secouant la tête.

Nous restâmes enlacés un peu plus longtemps. Cela n'alluma pas une étincelle en moi comme autrefois, mais cela me réconforta tandis que je me préparais à la suite des événements.

Que nous tuions tous les membres du clan étranger, que nous les emprisonnions pour toujours ou leur effacions la mémoire, l'heure du jugement avait sonné. Je le savais au plus profond de moi.

D'abord, il y avait eu la bataille mortelle pour la sorcière communale. Ensuite, le kidnapping des agents de terrain, de Grosmatou et de Melony par une mafia magique dans le Maine. Et maintenant ça ? Il se passait trop vite trop de choses dans cette trop petite ville de la campagne géorgienne pour que tous les événements soient des cas isolés.

Grosmatou savait que j'étais différente. D'autres pouvaient-ils être au courant aussi ?

Ou bien ces gens-là cherchaient-ils autre chose et j'avais la malchance de me trouver en plein milieu ?

Si je le savais…

— Aide-moi à rassembler tout ce petit monde et à l'enfermer là-dedans, me demanda Parker avant de me lâcher en soupirant de dépit.

Il enroula une liane magique autour du premier vampire et le souleva jusqu'à la chambre froide. Puis il attrapa le suivant, s'occupant de tous les membres de l'équipe un à un.

Je me dirigeai vers Vanessa, qui n'avait pas bougé, son couteau de cuisine toujours à la main et la tête penchée sur le côté. Si Parker était arrivé quelques secondes plus tard à peine, ce couteau aurait atteint sa cible. *Moi.*

— Qu'est-ce que vous faites ici? demandai-je à la silhouette immobile. Vous êtes venus pour moi?

Je cherchai dans ses yeux un signe de conscience, mais elle n'était qu'une statue créée par la magie de Parker. Tandis qu'il s'occupait des autres, je portai le bout de mes doigts à la bouche de Vanessa et laissai la magie s'en déverser.

— Qu'êtes-vous venus faire ici? la questionnai-je de nouveau.

Les lèvres de ma proie remuèrent, mais sa bouche resta fermée.

Je dessinai un cercle devant son visage et son cou. Pouvais-je utiliser ma magie de vampire et celle de sorcière en même temps? Il n'y avait qu'une seule façon de le savoir.

— Réponds-moi, ordonnai-je, en tentant de nouveau le sort de compulsion.

— Pourquoi je te dirais quoi que ce soit? aboya-t-elle avant de me cracher dessus.

— Je peux t'ôter la vie ou te la sauver. Le choix t'appartient.

— Nous sommes plus nombreux que tu l'imagines. Me tuer ne changera rien.

— Ta cause est donc plus importante que ta propre vie?

— Quelle vie? Tu crois qu'on apprécie cette piètre existence, coincés entre la vie et la mort? Il n'y a rien, pour nous. Pas d'amour. Pas de but. Rien d'autre que la cause. Elle nous donne un but. Une raison de continuer à exister. Tout ce que je te dirais causerait sa destruction. Alors, ma vie est un faible prix à payer pour protéger ce pour quoi nous œuvrons si nombreux depuis si longtemps.

— Je ne comprends pas, commentai-je, les sourcils froncés. Ce que tu dis n'a aucun sens.

— Je ne te dois rien.

Elle rit méchamment.

— Espèce d'imbécile. Tu ne sais même pas qui tu es, n'est-ce pas?

— Dis-moi, j'ai besoin de le savoir, la suppliai-je.

Je me fichai de paraître faible. En cet instant, je l'étais. Je ne connaissais même pas la vérité sur mon identité.

Vanessa ouvrit la bouche pour dire quelque chose, mais à la place, elle laissa échapper un grognement guttural. Horrifiée, je vis un pieu en bois dépasser de sa poitrine.

— Voilà, ça fera ça de moins à s'inquiéter, constata Connie, avant de récupérer le pieu, qu'elle fit tourner dans sa main. Ramenons les autres au quartier général, on pourra les interroger.

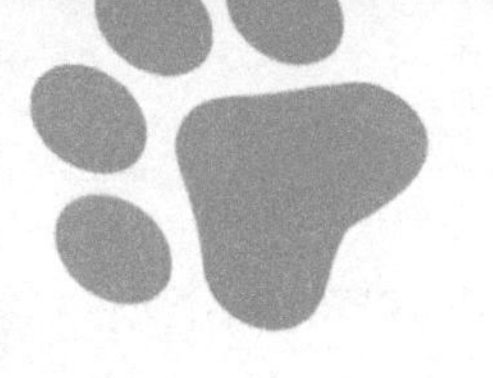
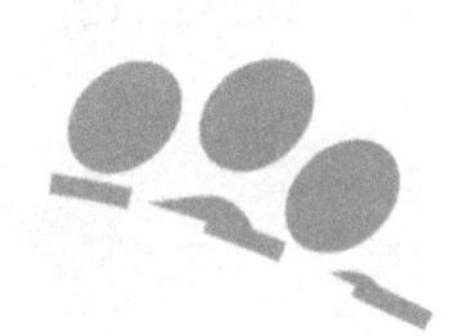

20

C onnie! rugis-je, frustrée. J'allais obtenir ce que je voulais!

— Et moi, j'ai obtenu ce que je voulais, à savoir son cadavre à mes pieds.

— Qu'est-ce qu'elle allait me dire? m'exclamai-je, rageant contre le mauvais timing.

— Aucune idée et je m'en fiche, répliqua la vampire.

Elle rangea le pieu dans un étui à sa cheville, puis se redressa de toute sa taille.

— Comment as-tu réussi à tous les immobiliser? me questionna-t-elle.

— P-Parker, balbutiai-je en le cherchant autour de moi.

Il sortit de la chambre froide et scella la porte d'un

trait de magie scintillante. Quand il eut terminé, il souffla sur ses doigts et fit semblant de coincer la clé dans sa ceinture.

— Bon travail, sorcier, le félicita Connie en souriant presque.

— Merci, vampire, rétorqua-t-il.

Il vint se placer à côté de moi.

— Où sont les autres? demandai-je à Connie, inquiète.

Quelque chose clochait, et pas seulement son arrivée inopinée.

— Comment tu as su que tu devais venir?

— Vous faisiez un sacré boucan, là-dedans. Nous avons tous dû nous mobiliser pour empêcher les normaux de s'en rendre compte. La prochaine fois, soyez un peu plus discrets, d'accord?

— La nourriture! m'écriai-je, puisque je m'en souvenais à présent. Ils l'ont trafiquée.

— Oui, Buckley m'a transmis cette petite info aussi. La prochaine fois, tu devras faire un rapport direct à ta supérieure.

— Tu n'es pas ma supérieure, rétorquai-je, tout aussi surprise qu'elle de ma rebuffade.

Elle écarquilla si grand les yeux qu'ils allaient lui sortir des orbites, si elle continuait.

— Qu'est-ce que tu viens de dire?

J'agitai le poignet et, à l'aide de ma magie de sorcière, mis en lévitation l'armure qui étouffait mes pouvoirs, offerte par Grosmatou. Quand elle arriva près de moi, je la pris dans les airs et la tendis à Connie.

La vampire eut encore plus les yeux ronds comme des soucoupes. Et elle s'en décrocha la mâchoire, aussi.

— Comment? Tu étais censée être douée de magie de vampire.

Je lui tournai autour à toute allure, créant du vent qui lui ébouriffa les cheveux.

— Je l'ai toujours.

— Mais tu ne peux pas avoir les deux en même temps. C'est impossible, à moins d'être...

Elle pinça les lèvres, refusant d'en dire davantage.

— À moins d'être quoi? Dis-moi! criai-je.

— Ce n'est pas à moi de le faire, répliqua-t-elle en se détournant.

Je lançai un regard suppliant à Parker.

— Je ne sais pas, marmonna-t-il. Je suis mortel, tout comme toi. Je n'ai pas vécu assez longtemps pour amasser autant de connaissances qu'elle.

— Et Grosmatou?

J'éprouvais le soudain besoin de savoir. Qui étais-je réellement? Comment avait-il deviné ma véritable nature avant tout le monde, et pourquoi s'arrogeait-il le droit de me la cacher ?

— Il est au courant, ça ne fait aucun doute, répondit Parker.

— Mais il n'est pas immortel, lui non plus. Quoique ?

— Il en est à sa septième vie, donc il a largement dépassé le centenaire. En plus, il connaît plus de choses que moi, en tant que diplomate.

J'y réfléchis quelques instants.

— Il va me le dire, tu crois ?

— Nous avons vaincu le clan des envahisseurs, intervint Connie. D'après moi, ça veut dire qu'il est temps qu'il remplisse sa part du contrat.

J'avais besoin de savoir, et en même temps, j'avais peur.

— Et si apprendre ce grand secret changeait tout ?

— Tout a déjà changé, souligna Parker en passant son bras autour de ma taille.

Je m'appuyai contre lui, désireuse d'accepter le réconfort qu'il m'offrait. Maintenant que ma magie de sorcière n'était plus étouffée, j'appréciais de nouveau son contact.

— Et les gens qui ont mangé la nourriture empoisonnée ? m'inquiétai-je.

Je venais de me rendre compte que presque rien n'était résolu, même si nous avions réussi à gagner.

Quelque chose me retenait ici. Je n'avais pas envie de partir, même si je n'avais aucune raison de rester.

D'un air imperturbable, Connie s'approcha de la chambre froide et fusilla du regard les prisonniers.

— Nous avons noté les identités de tous les clients de ce soir. En tant que responsable de l'Agriculture, Buckley pourra, j'en suis sûr, déterminer quel était le poison et trouver un remède.

— Je vais convoquer les autres ici, annonça Parker, qui sortit son portable de sa poche et commença à taper tandis qu'il parlait. Ils peuvent nous aider à escorter les types de la chambre froide jusqu'au quartier général.

— Et vis-à-vis des clients qui sont toujours là, on fait comment ?

Non, nous ne pouvions pas encore partir, même si je ne savais pas pourquoi. Juste que c'était important.

— Du calme, lança Melony en franchissant les portes battantes.

On aurait dit qu'elle se tenait juste derrière et attendait simplement qu'on l'appelle.

Plutôt que d'expliquer quoi que ce soit, elle envoya un panache de fumée vers le plafond. Nous le suivîmes tous des yeux.

Les gicleurs se déclenchèrent et des cris stupéfaits montèrent de la salle du restaurant.

— Ça devrait tous les faire sortir, commenta l'adolescente, un grand sourire aux lèvres.

Elle adorait semer la zizanie.

— Dépêchons-nous, nous pressa Connie, avant que les serveurs viennent chercher la propriétaire en cuisine.

— Melony, aide-moi à sortir les otages, lança Parker à la seule personne ayant moins d'ancienneté que moi dans la boîte. Ils sont déjà attachés grâce à des liens magiques. On doit juste s'assurer qu'aucun normal ne les voie le temps de les installer en voiture.

Melony acquiesça et le rejoignit dans la chambre froide.

Tous deux se mirent au travail et Connie souleva le corps de Vanessa.

— Je m'occupe d'elle.

— Je vais emballer quelques plats pour inverser les effets du poison et créer l'antidote, indiqua Buckley.

Je ne l'avais même pas vu arriver.

J'étais la seule à n'avoir rien à faire. Je restai immobile et regardai les autres se mettre au travail.

Je n'avais pas envie de partir, même si je n'avais aucune raison de rester.

21

Je fis les cent pas dans la cuisine vide en me demandant pourquoi je n'arrivais pas à m'en aller. J'avais fouillé scrupuleusement chaque meuble, placard et tiroir, et j'étais ressortie bredouille. Rien ne sortait de l'ordinaire. Et pourtant, c'était le sentiment que j'avais.

Avant que Connie ne la tue, Vanessa avait annoncé que nos ennemis étaient nombreux, ces fameuses personnes qui adhéraient à une cause inconnue.

Je la croyais.

J'aurais juste aimé en savoir plus. Je regrettais de n'avoir pas réussi à la convaincre de m'en dire plus lors de ses derniers instants.

Un éclat noir attira mon attention. Grosmatou entrait dans la cuisine.

— Venez, Tawny, me dit-il sur un ton pressant. Il n'y a plus rien à faire ici.

— Il va se passer quelque chose, affirmai-je, sans hésiter.

J'étais certaine que nous n'en avions pas terminé ici, même si je n'avais aucune raison évidente d'en être sûre. Malgré tout, mon intuition me le soufflait.

Grosmatou se tourna vers les portes battantes et me fit signe de le suivre.

— Barnes vient de les déposer au QG pour les interroger. Ils sont enfermés soigneusement. C'est terminé.

Je secouai la tête et refusai de bouger.

— Je ne crois pas.

— S'il doit y avoir un deuxième round, nous serons prêts, me promit-il, toujours près de la porte. Mais pour le moment, nous devons nous reposer.

Je secouai la tête et reculai d'un pas. Pourquoi étais-je si réticente ?

Le chat noir soupira.

— Vous ne voulez pas savoir en quoi vous êtes différente ? Vous avez rempli votre part du contrat. Il est temps pour moi que je remplisse la mienne. Venez. Nous devons discuter d'autre chose, aussi.

Je regardai la chambre froide où Parker avait temporairement détenu les membres du clan. Je savais déjà qu'ils ne parleraient pas, quelles que soient les tactiques employées par l'agence. À l'instar de Vanessa, ils étaient prêts à mourir pour leur cause sans dévoiler son but.

— Ce boulot est terminé, mais vous êtes toujours mon intérimaire.

La patience du patron avait atteint ses limites ; il parlait avec rudesse, à présent.

— Venez avec moi. C'est un ordre direct, ajouta-t-il en agitant la queue.

Je cédai enfin à ses désirs. Ce qui m'attendait ici ne s'était pas encore montré. Ou alors, je me trompais.

— Portez-moi, ordonna le chat autoritaire quand je le rejoignis près de la porte.

Je m'exécutai et, l'instant d'après, un brouillard rose scintillant nous enveloppa et nous téléporta jusqu'à la salle de réunion de l'agence. Après nous avoir déposés sur un siège, le tourbillon de magie retourna vers le plafond.

— Reste, lui dit Grosmatou, et la magie permuta pour se transformer en petite sphère flottant au-dessus de la table, comme si elle participait elle aussi à cette réunion.

J'en savais très peu sur la magie spéciale qui liait notre région aux autres de par le monde, mis à part que toutes la puisaient de la même source et aidaient à maintenir l'équilibre afin d'empêcher une région ou une personne de devenir trop puissante.

— Les autres vont venir? demandai-je.

J'aurais aimé que Parker soit avec moi pour la suite. S'il avait mes intérêts à cœur, j'ignorais s'il en allait de même du chat noir ou des autres.

— C'est une affaire privée. Moins il y a de personnes au courant de ce que je m'apprête à vous dire, plus nous serons en sécurité.

Les yeux de Grosmatou, normalement lumineux et inquisiteurs, étaient ternes et mornes. Quoi qu'il ait à me dire, il ne lui tardait pas.

— Qu'est-ce qui cloche? demandai-je.

Nerveuse, je retins mon souffle.

— Vous, Tawny. C'est vous qui clochez.

Je me renfrognai. N'étions-nous pas d'accord pour aller droit au but, maintenant que ma mission était terminée? Lui qui semblait impatient de me faire venir ici, voilà qu'il me répondait ça.

— C'est pas gentil de dire ça, grommelai-je, alors que la fatigue réclamait enfin son dû. J'ai fait tout ce que vous m'avez demandé.

Allait-il seulement s'exprimer en devinettes et semi-vérités au lieu de révéler directement ce que je voulais savoir?

— Vous m'avez mal comprise. Ce que je veux dire, c'est que vous ne devriez pas exister.

Je déglutis avec peine et mon cœur s'emballa. Quand s'était-il remis à battre, d'ailleurs ? Il s'était passé tant de choses depuis que Parker m'avait retiré l'armure étouffant mes pouvoirs. Je n'avais pas prêté attention à mes sensations physiques et simplement présumé qu'elles étaient toujours absentes. Mais à présent, je sentais mon cœur battre la chamade, l'oxygène gonfler mes poumons, et la douleur que provoqua la déclaration de Grosmatou.

— Vous allez me tuer ? lui demandai-je de but en blanc.

Plutôt que de faire les cent pas comme d'ordinaire, il s'allongea et cala ses pattes sous son corps.

— Non, Tawny, je ne vais pas vous tuer. Mais d'autres pourraient essayer s'ils découvraient ce que vous êtes. Ils ne doivent pas le savoir, vous comprenez ?

Je repensai à ma confrontation avec Vanessa.

— Ils savent déjà, avouai-je d'une voix tremblante. C'est ce que m'a dit la vampire restauratrice. Elle a aussi affirmé que je ne savais même pas ce que j'étais. Que d'autres allaient venir.

Grosmatou gémit longuement et bruyamment.

— C'est bien ce que je craignais.

— Je ne comprends pas. Jusqu'à il y a une dizaine de jours, j'ignorais que la magie existait. Pourquoi tout le monde s'intéresse à moi maintenant?

— Vous n'êtes pas une normale, déclara le chat, en rivant sur moi ses grands yeux qui ne clignaient pas.

— Oui, j'avais saisi que je suis une magick, maintenant.

Je gloussai pour apaiser la tension qui régnait dans la pièce. Ma tentative de légèreté eut cependant pour seul effet d'accroître les angoisses du chat.

Il se lécha la patte plusieurs fois, c'était un tic nerveux, avant de reprendre la parole.

— Non, Tawny. Vous n'êtes pas une magick non plus. Vous êtes quelque chose de complètement différent.

22

Ça suffit avec les grandes déclarations radicales. Dites-moi maintenant ce que je suis et pourquoi c'est si sérieux, exigeai-je, lasse des circonlocutions du chat.

— Vous êtes une Terran, répondit-il sur un ton lugubre.

— Une Terran?

Je ris sèchement et frappai la table.

— Ce n'est pas comme ça que les humains sont appelés dans les livres de science-fiction? Allez, soyez honnête avec moi. J'ai suffisamment attendu…

— Je suis honnête avec vous! grogna-t-il. Les Terrans sont une espèce éteinte, ou c'est en tout cas ce que tout le monde croyait, jusqu'à…

Il leva le menton et écarquilla les yeux.

Je posai la main sur ma poitrine.

— Jusqu'à moi ?

— Oui. Ils sont souvent mentionnés dans les vieilles histoires. Quand ils se sont éteints il y a plusieurs siècles, les normaux n'avaient plus aucun cadre de référence pour comprendre l'espèce des Terrans. Ils les ont vus fréquemment mentionnés en lien avec ce monde et ont supposé qu'ils ne pourraient pas trouver de Terrans, parce que tous les habitants de la Terre étaient de cette espèce. Mais ils se sont trompés.

— Qu'est-ce que je suis ? demandai-je dans un souffle.

— Vous êtes votre propre catégorie. Plus vous continuerez à fréquenter le monde magique, plus vos pouvoirs vont s'accroître.

— Mais à Caraway Island, si j'ai pu vous sauver, Melony et vous, c'est parce que j'étais une normale. Les magicks ne pouvaient pas briser les barrières, mais moi oui, lui rappelai-je en me remémorant notre étrange aventure.

En définitive, j'avais été la seule en mesure de leur porter secours.

— Vous n'êtes pas une magick, ni une normale. Puisqu'ils pensaient que les Terrans n'existaient plus, ils ne les ont pas inclus dans leurs défenses.

— Donc, j'ai de la magie, mais je ne suis pas une magick ?

La vache, j'étais donc vraiment le quelque chose de Schrödinger.

Il acquiesça et se lécha la patte.

— Voyez ça comme ça. Chez la plupart des utilisateurs de magie, les pouvoirs passent par le cœur. C'est pour ça que les vampires ne peuvent être tués qu'en détruisant la source de leur magie, et donc leur cœur.

— Vous m'avez donné le plastron pour couvrir mon cœur et bloquer ma magie de sorcière.

Plus les révélations se succédaient, mieux je comprenais sa ruse. Il opina de nouveau.

— J'avais quelques soupçons quant à votre nature, mais je savais aussi que vous étiez trop inexpérimentée pour maîtriser tous vos pouvoirs. Comme vous ne vouliez pas rester à l'écart de l'agence, je me suis dit, autant vous cacher à la vue de tous. Tawny, un Terran n'emmagasine pas sa magie que dans son cœur. Tout son corps est un réceptacle. Vous pouvez abriter tant de pouvoir en vous. Des centaines de fois plus que les magick. Mais votre véritable force réside dans votre capacité à manier la magie du monde.

Je tournai d'un coup la tête vers la boule de magie rose scintillante à côté de nous.

— Oui, confirma le chat avec déférence. Quand le

dernier Terran est mort, nous avons monté ces comités régionaux pour superviser la magie du monde. Nous nous disions qu'en l'absence de ses véritables gardiens, le meilleur moyen de l'utiliser était de réunir une assemblée de surnaturels de plusieurs espèces. Nous espérions, ensemble, nous rapprocher le plus possible des aptitudes d'un seul Terran. Mais c'était une solution imparfaite, et les normaux comme les magicks se disputent bien plus qu'ils ne le devraient. Le monde n'est pas équilibré, mais peut-être le sera-t-il à nouveau, maintenant que nous vous avons trouvée.

Il s'interrompit pour me laisser prendre la mesure de ses paroles.

Non seulement j'étais douée de magie, mais en plus, j'étais l'être le plus puissant ayant existé depuis des siècles. Je pouvais gérer le fait d'être juste un peu spéciale, mais être au-dessus de tout et de tout le monde ? Cela me terrifiait.

— Tout le monde ne souhaite pas la paix, marmonnai-je en pensant aux hommes et femmes politiques majoritaires et aux factions terroristes qui se servaient de la guerre, de la violence et de l'insatisfaction dans tous leurs actes.

— Pas ceux qui cherchent le pouvoir, non.

La queue de Grosmatou frappait la table à un rythme régulier, comme pour marquer le temps. Cette conversation avait beau être compliquée pour moi, elle le perturbait tout autant. Il savait mieux que moi ce que mon existence et la découverte de mon statut signifiaient pour le monde dans son ensemble.

— Ça veut dire qu'ils vont tenter de me tuer? m'inquiétai-je.

Il acquiesça d'un air sombre.

— Oui, ou vous capturer pour se servir de vous comme d'une arme.

Non, je refusais d'être changée, transformée en quelque chose que je n'étais pas destinée à devenir.

— Qu'est-ce que je peux faire pour empêcher ça?

— Je ne sais pas. Nous avançons en territoire inconnu. Personne ne pensait ça possible, mais si vous existez, il y en a peut-être d'autres comme vous.

— Doit-on aller les trouver, alors? Les mettre de notre côté?

Nous devions faire quelque chose, non? Mais quoi? Si Grosmatou n'en avait pas la moindre idée, ce n'était pas moi qui allais trouver quoi que ce soit.

Le chat prit une grande inspiration avant de poursuivre.

— Je compte vous former dans toutes les branches de la magie et espérer qu'il existe un moyen pour que vous trouviez d'autres Terrans, oui. Mais ce ne sera pas facile. Nous avons eu de la chance de vous repérer avant quelqu'un doté de mauvaises intentions. C'est une coïncidence des plus improbables, à moins qu'il n'y en ait d'autres comme vous, n'attendant que d'être découverts.

— Je veux vous aider à les trouver, déclarai-je avec un soudain regain d'enthousiasme.

Cela représentait trop de pression d'être la seule de mon espèce. Surtout en sachant que, d'après les explications de monsieur Grosmatou, les Terrans disposaient d'une grande quantité de pouvoir et d'influence. Je n'avais toujours été responsable que de moi-même. Je n'avais même jamais eu d'animal de compagnie, bon sang.

Grosmatou perçut la peur sous-jacente à ma détermination.

— Les autres membres du conseil et moi vous enseignerons tout ce que nous savons, mais votre entraînement restera imparfait. Nous ne pouvons vous apprendre que ce que nous savons, ce qui est très peu en comparaison des connaissances que vous devriez engranger.

J'éprouvais une certaine envie de remonter le temps, de choisir une autre ville que Beech Grove. Mais je supposai que si le monde avait besoin d'une héroïne, c'était à moi de m'en charger.

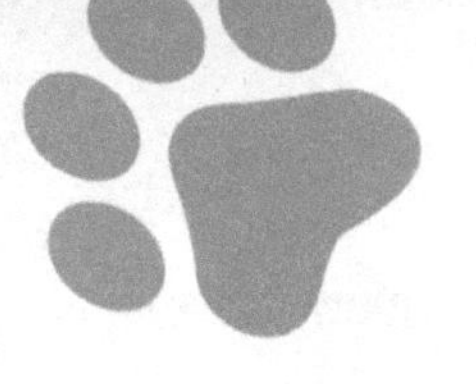
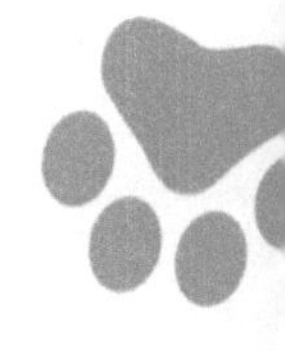

23

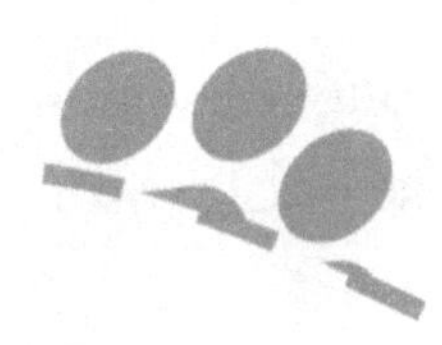

Ça fait beaucoup à digérer, commentai-je enfin, quand monsieur Grosmatou sembla à court d'avertissements à proférer.

Il se leva et s'étira.

— Je sais. Je ne souhaiterais ça à personne. À cause de ce que vous êtes, le moindre de vos choix peut changer le cours de l'Histoire.

— Vous ne me facilitez pas la vie, lui dis-je avec un sourire las.

Ce n'était pas pour m'énerver qu'il avait gardé le secret. Il espérait vraiment me protéger. Maintenant que je le comprenais, je lui étais reconnaissante d'avoir essayé.

— J'espérais que vous échoueriez et soyez forcée de rester une vampire, avoua-t-il.

— J'en resterai bien une. Enfin, en partie, ajoutai-je, pensive.

Je ne savais toujours pas comment tout ceci fonctionnait, même si je commençais à voir se dessiner un schéma.

— La magie de sorcière que vous m'avez donnée n'a pas disparu, donc la magie de vampire ne disparaîtra pas non plus. Je l'absorbe et la garde au fond de moi.

— Comme une éponge, se réjouit le chat noir.

— Oui, et je ne sais pas comment m'en débarrasser.

— Je pense avoir une idée, m'apprit-il en se levant lentement. La malédiction des vampires était mon ultime tentative pour vous sauver de votre nature. J'ignorais si ça fonctionnerait, si la malédiction pouvait effacer votre héritage terran, mais je devais essayer.

— Je le comprends à présent. Merci.

Je n'appréciais pas toujours ses méthodes et son attitude, mais au moins, maintenant, je les comprenais. Au bout du compte, monsieur Grosmatou n'était qu'un simple chat qui s'était tout à coup retrouvé doté de bien plus de pouvoir qu'il ne s'attendait à en avoir un jour. Nous nous ressemblions sur ce point.

Il marcha jusqu'à l'autre bout de la table, puis revint vers moi.

— Il est temps de cesser de nier votre véritable nature. Nous devons vous unir à votre destinée.

L'orbe de magie du monde rose scintillant flotta au-dessus de la table, dans ma direction.

— Tendez la main et prenez-la, m'ordonna le chat à quelques mètres.

Je levai la main et tendis l'index, sans prendre le temps de réfléchir ou d'envisager toutes les conséquences si j'acceptais une telle responsabilité. Au fond de moi, je savais que c'était la chose à faire. Que c'était nécessaire.

L'orbe palpita quand il s'approcha et effleura ma peau en douceur. Ébahie, je vis sa lueur rosée m'envelopper, et pas seulement le cœur comme les autres magies, mais tout mon corps.

Grosmatou retint bruyamment son souffle.

— Dans toutes les vies que j'ai vécues, je n'aurais jamais imaginé voir une telle chose un jour. Vous êtes... incandescente.

Lorsque la magie de vampire avait dominé mes sens, j'avais ressenti une absence constante, un vide. Maintenant que j'avais recueilli la magie du monde en moi, c'était tout le contraire : j'étais complète, entière et capable d'éprouver la moindre sensation qui cherchait mon attention.

C'était merveilleux.

— Comment vous sentez-vous ? demanda monsieur Grosmatou, qui m'observait avec émerveillement.

— Très bien, murmurai-je, dans le même état. Comme si j'avais trouvé ma place.

Un immense sourire s'étira entre ses moustaches. C'était la première fois que j'en voyais un aussi large chez lui.

— Vous vous souvenez comment nous avons testé la malédiction, tout à l'heure ?

— Parker, répondis-je avec un sourire mélancolique.

Maintenant que je me remémorais les sentiments que je nourrissais pour lui depuis deux semaines, j'éprouvais un désir encore plus accru de le voir. Une manière de rattraper le temps perdu ? Ou bien était-ce parce que je m'éloignais de la malédiction vampirique et retrouvais la lumière que tout me paraissait plus lumineux ?

— Je peux aller vous le chercher pour voir si la malédiction a bel et bien disparu. Pour votre plaisir.

Cependant, vous ne devez pas lui dire ce que vous êtes. Vous ne devez en parler à personne.

Il posa le derrière sur la table en me défiant de contester son ordre.

Il me demandait un énorme sacrifice. Comment pouvais-je bâtir une relation avec Parker si cette grande partie de moi demeurait un secret ?

— Ne va-t-il pas être en danger en me protégeant ? Comme vous tous ?

— Malheureusement, oui, mais ils seront bien plus en sécurité s'ils ignorent votre nature exacte.

Grosmatou pencha la tête et miaula. Il n'avait jamais autant ressemblé à un véritable chat. Était-ce sa façon de communiquer son regret ou sa pitié ? Ou alors, en avait-il assez de moi, de cette conversation, de ce qui nous attendait ?

— Connie est au courant, dis-je, pour mettre fin à cet étrange moment. Elle l'a compris au restaurant.

Il soupira et baissa la tête.

— Vous êtes la plus puissante d'entre nous. Vous pouvez effacer ses souvenirs, si vous le voulez. Vous pouvez même effacer les miens.

— Non, répondis-je, en comprenant quelque chose d'étonnant. J'ai confiance en elle. Mais je suis d'accord pour ne rien dire aux autres.

— Très bien. Mais si vous changez d'avis, vous savez quoi faire.

J'acquiesçai et sentis le poids de cette nouvelle responsabilité me peser sur les épaules. Je n'avais jamais été quelqu'un de spécial. J'avais juste fait ce qu'il fallait pour m'en sortir. Mais maintenant?

Maintenant, j'étais la personne la plus importante de toute cette planète.

Je regrettai un peu de ne pas pouvoir le dire à mon ex-mari et sa nouvelle femme, de ne pas le leur balancer au visage, cependant j'avais des soucis plus importants à l'heure actuelle.

— Je vais vous envoyer Barnes, dit Grosmatou. Mais d'abord, vous devez maîtriser votre aura, elle scintille trop. Ça doit rester un secret, vous vous en souvenez?

Un secret. Oui.

Le garder ne serait pas facile.

Cependant, ce serait vital.

24

Parker arriva quelques minutes après le départ de monsieur Grosmatou. Heureusement, j'avais assez vite réussi à dompter mes puissants nouveaux pouvoirs. L'impératif horaire pour y parvenir sembla m'aider. Je me demandais si ce serait une information importante pour la suite. J'aurais le temps de le découvrir en temps voulu. Pas beaucoup de temps, mais il faudrait faire avec.

— Tout va bien ? me demanda Parker en s'asseyant à côté de moi. Le patron m'a demandé de venir te voir. Il t'a expliqué ce qu'il se passait ?

J'acquiesçai. J'avais très peur de le regarder dans les yeux, étant donné que je m'apprêtais à mentir. Grosmatou m'avait aussi laissée me débrouiller avec l'explication que je fournirais afin de limiter les questions.

— Ma magie de sorcière n'a pas disparu, parce que c'est ma magie naturelle, expliquai-je.

Mieux valait que je ne dissimule pas entièrement mes dons de magie.

— Rejoindre la PTA a réveillé ce que je possédais déjà.

Des vagues de joie ondoyèrent de sa poitrine et s'écrasèrent sur moi. Je ne sentais pas seulement mes émotions, désormais, mais les siennes aussi. Je n'avais même pas besoin de le regarder pour savoir qu'il arborait un immense sourire. Combien de nouvelles aptitudes allais-je me découvrir? Y avait-il la moindre limite à mes dons?

— Tawny, c'est fantastique! Tu es comme moi. Nos magies se correspondent.

Je ris tout bas.

— Oui.

— Grosmatou t'a déjà enlevé ta magie de vampire, alors?

— Oui. Il veut aussi que je reste un peu dans le coin, afin de m'apprendre à maîtriser mes nouveaux pouvoirs.

Ça, au moins, ce n'était pas un mensonge.

Les doux yeux gris de Parker, qui m'avaient d'abord attiré chez lui, brillaient de bonheur.

— C'est parfait, poursuivit-il, sans se rendre compte que mon humeur ne s'accordait pas à la sienne. Je n'ai plus besoin d'essayer de te protéger ou de m'inquiéter pour ta sécurité. Tu n'es pas une normale sans défense coincée dans un monde de magie. Maintenant, tu peux te débrouiller toute seule.

Cette déclaration ne me plut pas du tout.

— Je me suis toujours débrouillée toute seule. Et je n'ai jamais été une femme sans défense.

— Pardon, pardon, tu as raison. Toutes mes excuses pour cette galanterie malavisée, je te promets que c'est la dernière fois. Oh, Tawny. Je suis tellement content. J'avais envie de sortir avec toi quand même, mais maintenant que nos magies s'accordent, tant de choses seront bien plus faciles.

Il me leva pour m'enlacer.

— C'est une super nouvelle, dis-je en me forçant à sourire.

S'il savait que notre situation venait en réalité d'empirer... Mais si je le lui disais, je le mettais droit dans la ligne de mire.

Il me caressa la joue et je m'appuyai contre sa main.

— Je peux essayer de t'embrasser de nouveau ? Vu que la dernière fois tu n'as... tu vois.

Oui, j'en avais envie. J'avais envie de lui. Même si maintenant, ce serait moi qui garderais mes distances pour protéger l'autre.

Je penchai la tête et fermai les yeux. Quelques secondes plus tard, ses lèvres trouvèrent les miennes, douces, gentilles, inquisitrices.

Oui, j'avais envie de lui, je le voulais. Même dans ce nouveau monde de dingue qui me paraissait si compliqué, je savais que Parker était le bon pour moi. Notre histoire venait juste de commencer, et pourtant, il éveillait en moi des sentiments que je n'avais jamais éprouvés pour mon ex-mari.

La joie. La confiance... L'espoir.

L'espoir que les sombres prédictions de Grosmatou ne se réalisent pas et que nous pourrons connaître un jour un avenir radieux.

Mais notre histoire venait tout juste de commencer, et il nous restait beaucoup de monstres à vaincre.

Je reculai et posai la main sur la poitrine de Parker.

— Tu as senti quelque chose ? demanda-t-il en scrutant mon visage.

— J'ai senti beaucoup de choses, le taquinai-je. Et elles étaient toutes agréables.

Il poussa un petit soupir de soulagement et m'embrassa de nouveau.

— Ta malédiction! Elle a disparu! Je ne sais pas ce que j'aurais fait si tu étais restée une vampire, Tawny.

— Au moins, on n'a plus à s'en inquiéter, répliquai-je en taisant le fait que j'étais bien plus que ça à présent.

On venait à peine de me confier ce secret que déjà je voulais le partager avec lui. J'en avais envie, mais je ne le pouvais pas.

Argh. Je devais changer de sujet.

— Tu as fini d'interroger les vampires cuisiniers? demandai-je le plus naturellement du monde.

C'était, en plus, une très bonne question à poser. Avec la magie du monde qui tourbillonnait en moi, je serais peut-être capable de les faire parler, de les pousser à me confier ce qu'ils avaient refusé de dire aux autres.

Parker pinça les lèvres et prit une grande inspiration désolée.

— Pas un mot. Je ne sais pas quoi faire. Connie veut tous les empaler, mais peut-être qu'ils ne savaient pas ce que Vanessa prévoyait et qu'ils sont innocents?

— Je peux leur parler?

Il secoua la tête.

— Ce serait inutile. Ils semblaient assez déterminés à ne rien nous dire.

Je posai la main sur son bras.

— Ça me serait utile à moi. Même s'ils ne disent rien, ça me ferait du bien de savoir qu'au moins j'ai essayé.

Il m'embrassa sur la joue.

— J'adore ta détermination. Tu prends vraiment toute cette magie au sérieux.

J'éclatai de rire. S'il savait...

25

Parker me tint la main en me conduisant vers la pièce qui ressemblait à un entrepôt dans le plafond de laquelle Grosmatou cachait ses artefacts magiques spéciaux.

Nous nous plaçâmes sous l'ouverture du plafond, mais au lieu de regarder vers le haut, Parker baissa la tête. Il tapa quatre fois du pied, puis se décala sur le côté et tapa deux fois de plus. Il se déplaça et recommença, puis une dernière fois, un seul coup de pied cette fois-ci.

À ce moment-là, une partie du sol en béton disparut, dévoilant un long escalier sombre.

— C'était là tout ce temps? m'exclamai-je, incrédule.

Il me décocha un grand sourire et me fit signe de

passer devant. Les marches s'allumèrent sous mes pieds pour guider notre descente d'une lueur magique.

Nous descendîmes au moins une quarantaine de marches avant d'atteindre une pièce cachée qui semblait avoir été creusée dans un énorme bloc de pierre. Une ligne de pouvoir partait en diagonale pour créer au fond de la pièce une petite cellule triangulaire dans laquelle étaient assis nos quatre prisonniers.

— Tu es sûre de toi? me demanda une nouvelle fois Parker. Tu seras plus en sécurité si j'entre là-dedans avec toi.

— Hé, répliquai-je en lui donnant une tape joueuse. Tu as dit que tu arrêtais la galanterie malvenue.

Au moins, il eut l'air penaud.

— Désolé. Les vieilles habitudes ont la vie dure. Je te laisse gérer.

Il me serra la main, puis remonta l'escalier et verrouilla la trappe après lui. J'attendis d'entendre le sol se remettre en place au-dessus pour franchir la barrière scintillante de la cellule de prison.

Les quatre vampires cuisiniers étaient assis côte à côte sur un long banc, les mains croisées sur les genoux, les poignets retenus par des menottes magiques fluo.

— Comme on l'a déjà dit à vos collègues, on ne sait

rien, marmonna le vampire le plus au fond en braquant ses yeux froids sur moi.

Je n'avais jamais interrogé personne, mais maintenant que j'étais l'être le plus puissant de la Terre, je n'allais pas renoncer à l'occasion de glaner des informations auprès du quatuor.

— D'où venez-vous ? Avant votre arrivée à Beech Grove ?

— Pourquoi on vous le dirait ?

Il semblerait que ce vampire ait été élu porte-parole du groupe.

Je m'avançai dans la cellule afin de me placer devant lui, puis je fermai les yeux et visualisai ce que je voulais voir se produire. J'imaginai le vampire répondant avec empressement et honnêteté à mes questions et, en gardant cette vision à l'esprit, je redemandai :

— D'où venez-vous ?

— De Blueberry Bay, dans le Maine, répondit-il.

Waouh, c'était presque trop facile.

— J'y suis déjà allée, déclarai-je.

Cette fois-ci, je me concentrai sur la magie qui ondulait en moi, sur le calme et le réconfort qu'elle m'apportait, et transmis ces sensations au vampire assis devant moi.

Il se détendit de manière visible, perdit sa posture crispée, et sa respiration ralentit.

— On sait. C'est comme ça qu'on a entendu parler de vous. C'est pour ça que nous sommes venus.

— Vous quatre et Vanessa ?

— Non, notre patron.

— Qui est votre patron ?

— Nous ne le savons pas.

— Vanessa savait ?

— Non. Nous ne connaissons que les gens à notre niveau et directement au-dessus. Le nom du patron est un secret pour protéger la cause.

— Et quelle est cette cause ?

Il hésita et se détourna de moi.

— Quelle est cette cause ? répétai-je, en l'imaginant me donner la réponse, puis je lui envoyai une vague de calme magique.

Le visage du vampire prisonnier se contorsionna en une rapide succession d'émotions : rage, tentation, chagrin, remords. Malgré cela, il ne parla pas.

Mais le vampire à ses côtés, si.

— Unifier le monde sous une seule magie. Un pouvoir unique.

— Une dictature mondiale ?

— Sous *son* pouvoir, répondirent les quatre vampires en chœur.

— Le pouvoir de qui ?

— Nous ne le savons pas, dit le premier.

Je soupirai.

— Ah, oui, les strates de pouvoir.

La personne qui dirigeait les opérations avait manifestement anticipé ce scénario. Nos prisonniers ne pouvaient pas parler, s'ils ne savaient rien.

— Pourquoi voulez-vous unifier le monde ? Qu'est-ce qui vous attend si vous ne connaissez même pas votre chef ?

— On va… commença le deuxième.

— Silence ! le coupa le premier en grognant un avertissement. Nous en avons déjà trop dit.

— Je ne peux pas résister, gémit l'autre.

Il se mit à trembler violemment, comme s'il faisait une crise d'épilepsie.

— Dans ce cas, tu sais ce que tu dois faire. Ce que nous devons tous faire.

Horrifiée, je les vis tous se mettre à crier et trembler, puis s'affaler un par un.

— Qu'est-ce qui se passe ici ? s'écria Connie alors que Parker, Grosmatou et elle ouvraient la trappe pour descendre l'escalier en vitesse.

— Je… Je ne sais pas.

Grosmatou sauta sur les genoux du premier vampire et posa la patte sur sa poitrine.

— Mes aïeux. J'en avais entendu parler, mais c'est la première fois que je vois ça.

— Que s'est-il passé? demanda Parker en me rejoignant.

— Je leur posais des questions, et tout à coup, ils ont crié et tremblé et ils se sont évanouis.

— Ils sont morts, rectifia Grosmatou, confirmant ce que je soupçonnais déjà.

— Mais comment? Je croyais qu'un pieu était la seule façon de…

— Le cœur, marmonna le chat. Détruire le cœur détruit la magie.

— Ils se sont servis de leur force supérieure pour s'écraser le cœur. Tu devais être à deux doigts d'obtenir des réponses, commenta Connie en me regardant avec méfiance.

— Barnes, viens avec moi, s'écria Grosmatou qui descendit des genoux du vampire mort pour se précipiter dans l'escalier.

Je le remerciai en silence. Si Parker m'avait posé trop de questions sur les événements récents, j'aurais été incapable d'y répondre tout en gardant mon secret de Terran.

Obéissant, il suivit le patron chat, me laissant seule avec Connie au sous-sol.

— Est-ce que le chat t'a dit ce que tu es? demanda-t-elle en m'observant de la tête aux pieds.

J'invoquai la magie scintillante rose, et elle se déploya au bout de mes doigts sous la forme d'une boule.

— Ah, je vois, commenta-t-elle sèchement. Tu as pu découvrir quelque chose avant qu'ils se suicident?

— Ils sont venus pour moi, murmurai-je.

J'aurais préféré que la réponse soit différente. Connie fronça les sourcils.

— Oui, ça me paraît évident.

— Vous avez tous été en danger à cause de moi. Je ne peux pas...

Ma voix se brisa et je secouai la tête. Étais-je donc quelque chose de si horrible que ces sbires vampires préféraient mourir plutôt que me parler?

Connie m'attrapa par les épaules et me secoua. Violemment.

— Peu importe les pensées stupides qui te passent par la tête en ce moment, retiens une chose. Nous serons en plus grand danger encore si les méchants t'attrapent. Pour le moment, la meilleure chose à faire, c'est te protéger et t'éloigner d'eux. Enfin, j'ai suggéré qu'on te tue pour nous économiser quantité de problèmes, mais Grosmatou ne m'y a pas autorisée.

Je devais donc la vie au petit chat noir, semblait-il. Enfin, si tant est que je puisse mourir. Ce serait une bonne question à poser la prochaine fois que j'aurai une conversation à cœur ouvert avec lui.

26

— Tu voulais vraiment me tuer? demandai-je, pas sûre d'être surprise par la nouvelle.

Connie m'adressa un sourire cruel.

— Oui, et je m'en serais chargée toute seule. Je n'écarte pas cette idée, si tu es trop pénible.

Je l'avais vue poignarder Vanessa sans hésitation ni regret. Malgré tout, j'aimais à croire qu'elle aurait plus de scrupules à régler son compte à quelqu'un qu'elle connaissait et côtoyait.

— Tu me détestes tant que ça? insistai-je.

— Combien de fois vais-je devoir te le rappeler? grogna-t-elle en s'indiquant du doigt avec emphase. Je suis maudite, tu te souviens?

Je m'appuyai contre le mur et soupirai.

— Tu es la seule personne avec laquelle je peux être moi-même. Ce serait sympa d'apprendre à te connaître.

— Grosmatou…

— Est un chat, la coupai-je en me renfrognant. Et notre patron.

— Si tu crois que ce secret partagé va tout à coup nous transformer en meilleures amies du monde, tu te trompes.

— Je suis au courant pour la malédiction vampirique, mais je sais aussi comment la vaincre.

Connie tourna vivement la tête vers moi et ouvrit la bouche sans parler, puis elle secoua la tête et rit.

— Non. Je le croirai quand je le verrai.

— Alors, viens, je vais te montrer.

Elle sortit de l'ombre pour rejoindre la partie éclairée par l'escalier. Je la suivis.

— Tu es sûre de ça? lui demandai-je, en fléchissant les doigts pour me préparer.

Elle y réfléchit si longuement que je me demandai si elle avait changé d'avis. Enfin, elle pencha la tête, pensive, et me regarda de ses yeux noirs et froids.

— Je ne veux pas être de nouveau une normale, mais ce serait agréable de ressentir, d'aimer.

— Tu te souviens à quoi ça ressemble ?

J'avais déjà commencé à oublier, et ma malédiction

n'avait pas duré longtemps. Je n'osais imaginer ce que Connie avait dû éprouver à endosser ce fardeau tant d'années sans espoir de répit.

— Ça fait trop longtemps...

Elle ferma les yeux et inspira profondément par le nez, alors que nous savions toutes les deux qu'elle n'en avait pas besoin.

Je haussai les épaules.

— Tu n'es pas obligée de me le dire si tu n'en as pas envie.

— Oui, mais tu ne vas pas arrêter de m'interroger, alors autant m'épargner de l'agacement.

J'attendis en silence. Quand elle reprit la parole, sa voix avait une étrange cadence.

— Quand j'étais mortelle, je suis tombée amoureuse d'un ange qui s'appelait Symont. À cette époque-là, les surnaturels n'avaient pas à se cacher. Les Terrans régnaient et maintenaient l'harmonie entre les espèces. J'ai connu de nombreuses années de bonheur avec Symont. Malheureusement, je vieillissais normalement, à l'inverse de lui. J'ai eu des pattes d'oie et des rides, tandis qu'il gardait la perfection de sa jeunesse. Quarante ans, ça n'a peut-être pas l'air vieux aujourd'hui, mais il y a plusieurs siècles, c'était un âge plutôt avancé. Mon amour ne supportait pas de me perdre, donc il a cherché un moyen de m'offrir l'immortalité, afin que nous puissions être ensemble.

— Alors, il t'a transformée en vampire, murmurai-je.

Elle se redressa de toute sa hauteur ; elle mesurait quelques centimètres de plus que moi.

— J'ai choisi de devenir vampire. Il n'existe aucun moyen de transformer un mortel en ange, donc j'ai accepté la seule solution possible. Mais après ma transformation, Symont a détesté le monstre que je suis devenue. Les vampires et les anges sont des ennemis naturels, et notre nature s'est avérée plus forte que ce qu'il y avait dans nos cœurs.

— Il t'a quittée.

Même si elle, elle ne pouvait pas sentir la pointe de douleur après tant d'années, mon cœur se serrait pour elle.

Elle fixa des yeux un point sur le mur.

— Oui. Il n'avait pas le choix. Nous pensions que notre amour pouvait dépasser la malédiction, mais nous nous trompions.

— Il te manque ? Tu espères pouvoir le retrouver ?

Elle haussa les épaules et secoua la tête.

— Je ne m'en souviens pas. Je me souviens de ce qu'il s'est passé, mais de façon détachée, comme si c'était arrivé à quelqu'un d'autre. Quant à l'espoir de le retrouver…

Elle soupira.

— Comment aurais-je pu croire que quelqu'un serait en mesure de lever la malédiction alors que nous en avons été incapables ?

— Grosmatou m'a dit que j'étais la personne la plus puissante sur cette planète. Et quand la magie du monde est entrée en moi, tout m'est revenu. Je peux sans doute t'aider à retrouver ça, toi aussi. Tu veux bien me laisser essayer ?

Je levai les mains pour lui montrer la magie rose qui les parcourait. Connie acquiesça lentement.

— Je ne me souviens pas ce que c'est que d'aimer, mais sur un plan rationnel, je sais que ça doit être formidable, pour que j'aie volontairement accepté de me transformer en cette… cette chose, juste dans l'espoir de préserver mon amour.

Elle posa ses mains dans les miennes.

J'ignorais toujours comment fonctionnait ma magie, mais je devais l'apprendre moi-même. Personne d'autre ne pouvait me l'enseigner. Le seul moyen de découvrir si je pouvais lever la malédiction de Connie était de tenter l'expérience.

Je pris de grandes inspirations et fermai les yeux,

puis je poussai sur ma magie pour la faire entrer en elle.

La vampire me serra les doigts avec force, mais ne s'écarta pas.

Je continuai, infusant ma magie d'amour, de compassion, d'humanité... même si nous n'étions pas véritablement humaines, ni l'une ni l'autre. Et que je ne l'avais apparemment jamais été.

Connie retint son souffle.

— Je me sens...

Ses mots moururent sur ses lèvres quand elle prit une inspiration profonde et tremblante.

Je restai en position et gardai la connexion entre nous, sans lui insuffler quoi que ce soit.

Comme Connie ne parlait plus, j'ouvris les yeux, juste à temps pour la voir s'affaler au sol.

27

Je me mis à genoux et plaçai sa tête contre ma poitrine. Je ne sentais pas battre son cœur, mais bon, il ne battait pas avant non plus.

— Connie ! m'écriai-je en la secouant.

Mieux valait que je n'utilise pas ma magie tant que je n'aurais pas appris ce que j'avais mal fait.

Comme elle ne se réveillait toujours pas, j'invoquai la magie du monde sur le bout de mes doigts sous forme d'éclairs.

— Trouvez Grosmatou, les suppliai-je, et ramenez-le ici.

Les tourbillons de magie rose scintillante s'unifièrent pour former un fil et se glissèrent à travers le plafond.

Je repris mes tentatives pour réveiller Connie, en vain. *Non, non, non !*

Je n'étais pas une meurtrière, et pourtant, cinq vampires étaient morts à mes pieds en moins de quinze minutes.

— Qu'est-ce que vous avez fait ? s'énerva Grosmatou en descendant l'escalier en vitesse, sans prendre la peine de refermer la trappe.

Ma magie revint et me percuta par-derrière. Le choc me coupa le souffle. Le retour avait été si soudain qu'il en était douloureux. Mon corps n'avait pas eu le temps de s'adapter au changement intense et il était clair que je n'étais pas douée pour contrôler ma magie terran. Il n'y avait qu'à regarder ce que j'avais fait à Connie !

Dans le même temps, j'avais le sentiment que la magie m'attendait depuis longtemps. Des siècles, peut-être. Grosmatou m'avait expliqué que la magie du monde était aussi vieille que la Terre. Elle ne m'appartenait pas et je ne lui appartenais pas, nous étions interconnectées.

En symbiose.

La douleur momentanée que j'avais connue n'était rien comparée aux longues années de souffrance qu'*elle* avait dû endurer sans mes semblables ou moi. Nous devions nous adapter.

Mais tout d'abord, il fallait sauver Connie.

— J'ai tenté de lui ôter sa malédiction. Comme je l'ai fait pour moi, expliquai-je au chat affolé.

— Vous l'avez inondée de la magie du monde ? s'exclama-t-il, atterré.

— Non, je la lui ai insufflée très lentement ! J'ai été prudente. Je...

— Vous n'écoutez pas ! Vous n'écoutez pas ! me cria-t-il. C'est trop. Son cœur ne peut pas le supporter. Vous l'avez tuée.

— Non ! hurlai-je. Ce n'est pas possible ! C'est une vampire. Elle n'aurait pas dû...

Grosmatou se détourna et gratta le sol, envoyant une succession de vagues de magie en direction de Connie. Rien ne se produisit.

— Ce... Ce n'était pas mon intention, balbutiai-je, alors que les larmes coulaient sur mes joues.

— Vous devez apprendre à contrôler votre magie avant de vous en servir à nouveau, feula le chat. Ça suffit pour aujourd'hui. Reviens à moi.

Cet ordre était destiné à la magie à l'intérieur de moi.

Une nouvelle fois, rien ne se produisit.

— Reviens ! cria-t-il en postillonnant.

Ma peau prit un éclat rose, puis retrouva son teint pêche normal.

— Tu refuses ? s'énerva-t-il.

— Pas moi, dis-je en tentant d'invoquer la magie pour l'expulser.

Je brillai de nouveau en rose, mais elle resta où elle était.

La magie au fond de moi était donc douée de conscience. Elle possédait son propre esprit et partageait à présent mon corps avec moi.

Après cette révélation, ma main se posa de sa propre volonté sur la poitrine de Connie. Mes doigts s'illuminèrent quand ils s'enfoncèrent dans la poitrine de la vampire décédée. Je sentis dans ma main, froid et spongieux, le cœur de Connie.

Mon poing se referma autour de l'organe sans vie et je poussai un cri.

— Qu'est-ce que vous faites ? s'exclama Grosmatou, horrifié.

— Moi, rien.

J'avais si peur que ma respiration devint sifflante.

— Alors, arrêtez.

— Je ne peux pas ! m'exclamai-je.

J'essayai, pourtant, de retirer ma main de la poitrine de Connie. En vain.

Mais ensuite, son cœur se mit à battre contre ma paume. Lentement, faiblement, d'abord, puis plus fort et plus vite.

La magie recula, je libérai ma main et je lâchai un sanglot en voyant Connie ouvrir les yeux et s'asseoir.

— Que s'est-il passé? demanda-t-elle d'une voix rauque en se frottant la poitrine. Où suis-je?

— Non, c'est impossible.

Grosmatou recula de stupéfaction jusqu'à se cogner au mur. Ses yeux écarquillés exprimaient un mélange d'effroi et de respect. Je percevais maintenant les sentiments des autres. Du moins, par moment.

— Tu vas bien? questionnai-je Connie, le souffle court.

Mes pauvres nerfs exténués se détendirent de nouveau.

— Je me sens...

Elle avait dit la même chose avant de s'écrouler tout à l'heure.

— En vie, termina-t-elle enfin.

Elle cligna des paupières à toute vitesse et observa ses bras et sa poitrine.

— Comment?

Je voulais lui répondre, mais il n'y avait aucune explication.

Connie se tourna en grognant, attrapa le pieu en bois dans l'étui à sa cheville et l'appuya contre la peau tendre de son avant-bras.

— Aïe ! s'écria-t-elle quand du sang écarlate se déversa de la blessure.

— En vie ! gémit Grosmatou. En vie ! Mais personne ne peut ressusciter les morts !

— Tawny, si, rétorqua la vampire avec son sourire narquois familier.

Puis elle se jeta dans mes bras et sanglota.

— Tu es… ?

J'hésitai à poursuivre.

— Redevenue humaine, oui !

Elle m'embrassa sur les deux joues avec un tel ravissement que je la reconnaissais à peine.

— Ce n'est pas possible, ronchonna de nouveau le patron chat.

— La malédiction a disparu ? demandai-je, pleine d'espoir et hésitante aussi.

Connie se leva et éclata de rire quand elle trébucha.

— Je suis maladroite. Et je peux ressentir. Et souffrir. Et… et… Merci, Tawny. Merci de m'avoir libérée de cette vie !

— Ce n'est pas bien, feula Grosmatou qui remonta l'escalier en courant.

Avais-je fait quelque chose de mal ? Le patron semblait le penser, en tout cas, mais comment sauver une vie pouvait-il être mal ?

Je laissai Connie m'enlacer et sangloter sous l'effet des vagues de joie qui la submergeaient et que je percevais, et me répétai que j'avais bien agi. Même si ce n'était pas tout à fait moi qui avais fait ça.

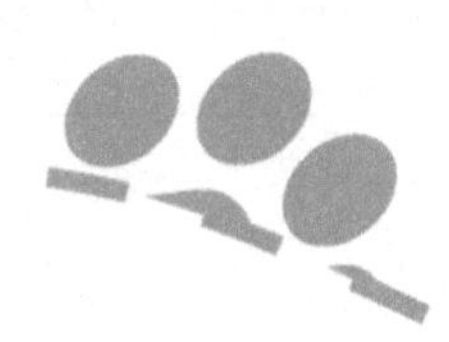

28

onnie! m'exclamai-je, saisie d'une soudaine révélation. Si je t'ai ressuscitée, je peux...

Je me tournai vers les quatre vampires prisonniers vautrés sur le banc de la cellule et Connie suivit mon regard.

— Ressusciter les autres, oui! s'écria-t-elle avec excitation.

— Ils m'ont dit certaines choses avant...

Je m'interrompis. Je n'avais pas envie de décrire la scène horrible dont j'avais été témoin.

— Lui, dis-je en m'arrêtant devant le deuxième prisonnier. Il s'apprêtait à me répondre avant que l'autre lui dise de se taire, et ensuite ils... tu sais.

— Tu peux les empêcher de recommencer ça?

— Aucune idée. Peut-être, mais Grosmatou a dit…

— On se fiche de ce qu'il a dit. On a une super occasion. Tu dois la saisir.

— Il ne veut pas que je me serve de ma magie tant que je ne la contrôle pas mieux.

— Qu'est-ce qui pourrait arriver de pire, pour le coup ?

— Euh, je t'ai tuée.

Elle me décocha un immense sourire dépourvu de canines pointues.

— Juste un peu. Je suis de retour, et bien mieux que jamais.

— Oui, c'est vrai, répondis-je avec un rire reconnaissant.

Nous allions devenir amies, et j'en avais grand besoin.

— Ils sont déjà morts. Ressuscites-en un, pose-lui tes questions. Ils sont tous attachés et emprisonnés. Il ne peut rien se passer de mal. Tu dois le faire.

J'opinai et fléchis les doigts pour invoquer la magie.

— C'est dégoûtant, la prévins-je.

Elle leva les yeux au ciel et tira la langue. Waouh, il allait me falloir un peu de temps pour m'habituer à cette nouvelle version d'elle.

— Euh, j'ai bu du sang humain pendant plus d'un siècle avant l'âge de raison qui a changé nos méthodes.

— Tu n'es plus une vampire, lui rappelai-je en souriant.

— Oh, c'est vrai !

Elle se frappa le front, puis lâcha un gémissement de douleur.

— Waouh, il va me falloir un peu de temps pour m'y habituer.

Je venais de penser la même chose. Au moins, nous étions sur la même longueur d'onde, à présent. J'en aurais sans doute ri si je n'avais pas craint ce qui m'attendait.

Je me mis à genoux devant mon sujet d'étude, fermai les yeux, pris trois lentes inspirations, relâchai mon souffle, et plongeai les doigts dans sa poitrine pour attraper son cœur.

Quand celui-ci recommença à battre, je continuai à le tenir pour empêcher le vampire d'écraser de nouveau son propre cœur. J'étais relativement sûre qu'il était redevenu humain comme Connie, mais autant ne pas prendre de risque.

— Qu'est-ce qui se passe ? demanda le prisonnier, qui cligna lentement des yeux. Qu'est-ce que vous me faites ? Je ne me sens pas bien.

— N'y pensez pas. On avait une charmante petite

conversation tout à l'heure et tu t'apprêtais à me raconter vos projets pour unifier le monde sous un seul pouvoir.

— Pas mes projets, mais les siens.

— Qui est ce monsieur avec des projets ?

— Je ne sais pas.

— Alors pourquoi tu l'aides ?

— Nous ne voulons plus vivre cachés. Les magicks doivent régner ouvertement.

— Et les humains, dans tout ça ?

— Ils peuvent se soumettre de leur propre volonté ou être contraints de le faire. Il sera gentil avec ceux qui acceptent sa domination.

— Et ceux qui la refuseront ?

— Ils seront détruits, naturellement.

— C'est ce que tu veux ?

— Ce que je veux ne compte pas. C'est pour le bien de tous.

— Ça compte pour moi. Qu'est-ce que tu penses de tout ça ?

— J'en ai marre d'avoir le sentiment que je ne devrais pas exister. Que ma seule survie est un crime.

— Mais n'est-ce pas justement ce que tu veux faire aux gens dépourvus de magie ?

— Non, on les délivrera de leur malheur. Alors que moi, je suis coincé dans le mien.

Je le lâchai et sortis la main de sa poitrine.

— Merci.

— Que va-t-il m'arriver maintenant ?

Connie posa la main sur mon épaule.

— Pars, Tawny. Laisse-moi régler ça.

— Mais... protestai-je.

J'étais prête à défendre la vie de ce vampire, surtout maintenant qu'il était peut-être redevenu mortel.

— Il a déjà fait son choix, me rappela-t-elle. Je le renvoie juste d'où il vient. Promis, je serai douce.

Je secouai la tête, je ne voulais rien répondre.

La magie décida pour moi et me fit monter l'escalier.

29

Melony m'attendait dans l'entrepôt.

— Viens, dit-elle dès que je sortis du donjon caché. Tout le monde est attendu en salle de réunion. Le patron chat m'a dit de venir te récupérer, donc considère-toi comme récupérée.

J'acquiesçai et la suivis à travers le bâtiment pour rejoindre la salle de réunion vitrée où le comité se rassemblait pour discuter de choses importantes. Dès que je pénétrai dans la pièce, la magie du monde se détacha de moi et monta vers le plafond en un brouillard épais.

— Oh, maintenant, tu te comportes bien, hein, grogna Grosmatou.

— Je suis désolée, murmurai-je en prenant une chaise.

— Ce n'est pas à vous que je parlais, aboya-t-il.

Je décidai de m'asseoir en silence et d'attendre sagement les nouvelles que le conseil avait à communiquer.

Connie fut la dernière à nous rejoindre, moins de cinq minutes plus tard. Quand elle prit la chaise à côté de moi, Grosmatou se lança dans sa démarche de général sur la table.

— Le clan rival a été anéanti, révéla-t-il, même si tout le monde devait déjà être au courant. Buckley a réussi à identifier le poison qui se trouvait dans la nourriture du *Bollyzarre.*

— Qu'est-ce que c'était? demanda Melony, s'attirant un regard furieux du chat.

— Du *Verstärker,* répondit Buckley qui s'était levé pour se placer devant nous d'un air gêné. C'est un amplificateur de magie.

— Pourquoi donner ça à des normaux? s'étonna Parker tout haut.

Je m'étais posé la même question en silence, et j'avais très vite trouvé la réponse.

Connie me serra la main sous la table. Elle savait aussi bien que moi ce que l'autre clan avait en tête. Ils voulaient révéler d'autres Terrans.

— Nous n'avons aucun moyen de le savoir, mentit Grosmatou sans me jeter le moindre coup d'œil. La bonne nouvelle, c'est que ça ne leur fera pas de mal et qu'il n'y a pas besoin d'antidote.

— Nous devrions malgré tout les suivre de près, commenta Greta l'ange en m'adressant un sourire maternel.

— Je suis d'accord, acquiesça monsieur Grosmatou. C'est pourquoi j'enverrai Tawny frapper aux portes de tous ceux qui ont mangé à *Bollyzarre* avant que nous ne le fermions.

— Vous êtes sûr que la normale est la mieux placée pour cette mission ? Je serais plus rapide et plus douée, protesta Melony en s'affalant sur sa chaise, les bras croisés.

— Oui, affirma le chat. Tawny est la mieux placée, surtout au regard de ma prochaine annonce.

Tous les yeux se tournèrent vers moi.

Connie garda ma main dans la sienne et se pencha vers mon oreille.

— Ils ne doivent pas savoir que j'ai changé. Tu dois garder mon secret si tu veux conserver les tiens.

Grosmatou s'avança sur la table et s'arrêta juste devant moi.

— Au cours de cette mission, nous avons fait une découverte magnifique.

— Oh ?

Greta m'adressa un grand sourire encourageant.

J'avais l'impression que le jour où elle m'avait offert son armure d'ange, me sauvant ainsi la vie, remontait à longtemps. J'espérais qu'elle serait fière de ce que je devenais, même si j'avais pour consigne stricte de ne rien dire à personne.

— Vas-y, Tawny, m'encouragea Parker, avec un sourire tout aussi grand. Dis-leur ce que tu m'as dit.

Oh, c'est vrai.

— Je ne suis pas une normale, je suis une sorcière. Surprise !

Ceux qui ignoraient la nouvelle – la vraie et la fausse – jusque-là poussèrent des exclamations de surprise.

— Mais vous m'avez promis la gestion des forces de l'ordre en premier ! protesta Melony.

— Du calme, Haberdash, grogna le chat en se hérissant. Ton boulot est sauf, même si Tawny ne sera plus intérimaire.

— Son travail avec l'agence est terminé ? demanda Greta, qui fronçait les sourcils.

Elle s'était attachée à moi depuis le début et, contrairement à Parker, elle n'avait jamais douté de ma capacité à m'en sortir dans cet étrange monde magique.

— Non, mais le mien, oui, annonça solennellement le chat.

Nouvelles exclamations de surprise.

— Comme vous le savez tous, j'en suis à ma septième vie. J'aimerais prendre ma retraite pendant la huitième afin de profiter, pendant la neuvième, de tous les plaisirs qui s'offrent à un chat de mon calibre. Je formerai Tawny à ce poste.

— Une diplomate ! s'exclama F en se caressant pensivement la barbe. C'est une sacrée promotion.

— Oui, confirma Grosmatou sans me quitter des yeux. Mais j'ai toute confiance en Tawny pour gérer.

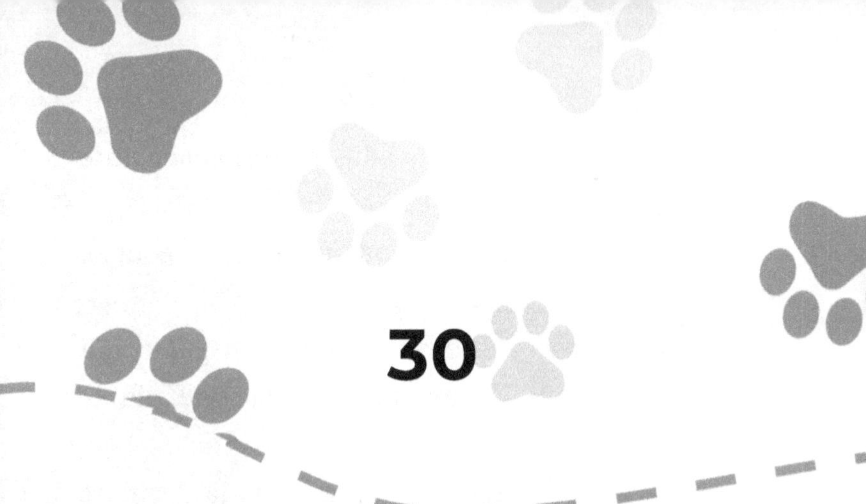

30

Voilà donc où nous en sommes.

En l'espace de vingt-quatre heures, j'ai appris que j'étais la dernière représentante connue de l'espèce la plus puissante ayant jamais existé.

J'ai absorbé un courant de magie considérable et découvert qu'il me contrôle tout autant que je le contrôle.

J'ai ressuscité quelqu'un, non pas une, mais deux fois.

Le chat autoritaire s'est avéré être mon plus grand soutien depuis le début.

Une vampire grincheuse est devenue ma meilleure amie.

J'ai obtenu une fausse promotion.

J'ai reçu pour consigne de taire ma véritable nature à tout le monde, y compris Parker.

Nous sommes officiellement devenus un couple, bien sûr.

N'oublions pas l'aspirant dictateur magique qui prévoit de réduire l'humanité en esclavage, de la détruire ou bien les deux.

Et, oh, oui. Je suis la seule à avoir la moindre chance d'empêcher ça…

Quand tout ceci a commencé, je n'étais qu'une écrivaine à mi-temps devenue intérimaire pour une agence de surnaturels.

Et maintenant, je suis la seule personne capable soit de sauver le monde, soit de le détruire.

Aucune pression, n'est-ce pas ?

ET ENSUITE ?

Je m'appelle Gracie Springs et je n'ai pas de pouvoirs magiques… mais je crois que mon chat en a. J'ai commencé à avoir des soupçons quand il a sauté un petit peu trop haut en poursuivant un rouge-gorge dans le jardin. Et j'en ai été sûre quand il a ouvert la bouche et qu'il s'est adressé à moi par mon nom !

Et qu'a-t-il dit en premier ? Qu'il n'aime pas le nom que je lui ai donné — même si Bouboule lui va comme un pull chaud à Noël. Nous avons trouvé un compromis avec « Merlin le Matou Magique », qui selon lui évoque très bien sa longue et noble lignée.

Après avoir réglé ce détail, il m'a informé que je dois garder son secret ou risquer de passer le reste de ma vie dans une espèce de prison magique. J'ai accepté, ne sachant pas que ça allait se transformer en travail à plein temps : je dois sans cesse le couvrir et mentir afin de nous sortir de quelques situations délicates.

Quand mon patron du café local est tombé raide mort, les circonstances déjà difficiles deviennent presque impossibles... d'autant plus que tous mes collègues semblent penser que je suis responsable.

J'espère vraiment que mon chat sorcier saura me sortir de là, parce que pour l'instant, j'ai le choix entre une malédiction d'un côté et une inculpation pour meurtre de l'autre. Au secours !

Merlin Affronte un Familier **est maintenant disponible. Commandez votre exemplaire dès aujourd'hui !**

APERÇU
MERLIN AFFRONTE UN FAMILIER

Je m'appelle Gracie Springs et j'ai toujours été une fille assez normale. Je travaille en tant que barista tout en préparant mon Master de sociologie. J'ai fini tous mes cours, mais je n'ai toujours pas trouvé le sujet parfait pour mon mémoire. Et sans lui, je ne peux pas obtenir mon diplôme.

Oups.

En attendant, je vis dans une petite ville ordinaire de Géorgie du Sud nommée Elderberry Heights. La plupart de mes voisins ont plus de soixante-dix ans. Je vis dans la maison de ma grand-mère Grace. Elle a choisi d'abandonner sa demeure en déménageant vers le sud dans un village pour retraités branchés situé sur l'archipel des Keys, en Floride.

Elle m'a donné la maison où elle a élevé mon père

et mes oncles, en disant que c'était mon héritage anticipé et que j'avais toujours été sa préférée, de toute façon... et pas seulement parce que nous avions le même prénom.

Elle a laissé tous ses meubles et sa décoration, ce qui signifie que ma maison contient au moins trois dizaines de napperons en crochet faits main et que le salon est constitué de canapés fleuris marrons et de petites tables en chêne clair. Je n'ai pas le cœur — ni l'argent — de changer quoi que ce soit.

Grand-mère Grace m'a aussi laissé ce chat en piteux état qui est apparu sur le seuil de la porte quelques jours seulement avant qu'elle déménage et que j'emménage. Le vétérinaire dit qu'il s'agit d'un Maine coon. Moi je dis qu'il est bien plus grand que ne devrait l'être un chat, surtout si l'on tient compte de ses longs poils ébouriffés qui lui donnent littéralement un air de boule de poils.

Je suppose que c'est pour cette raison que je l'ai appelé Bouboule.

Garder un chat que je n'avais pas voulu était un petit prix à payer pour une maison gratuite et avec le temps, Bouboule a commencé à me plaire. Il n'est pas exactement du genre à faire des câlins. En fait, chaque fois que j'ai essayé de le soulever, il m'a attaqué. Il a réussi à me faire saigner deux fois.

Je n'essaie plus de le soulever, mais si je reste assise sans bouger et que je fais semblant de ne pas m'intéresser à lui, il vient parfois s'installer sur mes genoux. Un jour, il a même ronronné.

Bouboule aime la nourriture et il prend souvent une bouchée de ce que je mange pour le dîner. Il aime aussi courir dans les couloirs au milieu de la nuit comme une créature possédée.

Je n'avais pas eu l'intention d'en faire un chat d'extérieur, mais il est si doué pour s'échapper que j'ai fini par installer une chatière afin de ne plus avoir à m'inquiéter de ses escapades.

Ce qui me ramène à ce matin...

J'étais en retard pour le travail, parce que j'avais passé un moment particulièrement difficile à essayer de suivre un nouveau tuto maquillage de ma Youtubeuse beauté préférée. À la fin, j'avais tout retiré et gardé un regard charbonneux et des lèvres couleur chair. Ça m'apprendra à essayer une nouveauté juste avant de devoir partir au travail.

D'autant plus que mon vieux patron radin utilise la moindre excuse pour faire des retenues sur mon salaire. Il est toujours très amer parce qu'une franchise populaire de cafés s'est installée à quelques rues de lui et a considérablement diminué ses profits. Mais il est aussi entêté et pas tout à fait prêt à admettre sa défaite, c'est pourquoi il a gardé tous ses employés tout en diminuant nos heures et en cherchant n'importe quelle excuse pour nous payer moins.

Un type super, mon patron...

Je n'avais pas vu Bouboule depuis le petit-déjeuner et je voulais être certaine que tout allait bien avant de partir au travail.

— Bouboule ! Bouboule ! Viens là, minou, minou ! l'appelai-je en claquant la langue, mais il ne vint pas en courant.

Il ne vient jamais en courant. C'est toujours à moi de le trouver.

Je regardai donc sous le lit, derrière le canapé et par la fenêtre.

Je finis par l'apercevoir, le derrière en l'air et la tête au ras du sol : la posture classique précédent un bond. De l'autre côté, un rouge-gorge qui n'avait rien remarqué prenait son bain dans le bassin pour oiseaux en pierre laissé par grand-mère. Il profitait des quelques gouttes qui ne s'étaient pas encore évaporées à cause du soleil brûlant de l'été.

Le derrière de Bouboule s'agita une fois, deux fois.

Il bondit, mais le rouge-gorge le vit arriver et s'envola.

Bouboule s'envola à sa suite.

Et ce ne fut pas un bond de chat normal. Il ressemblait à un petit athlète félin sur le point de faire un smash au basket. Il monta et monta à la suite de sa cible effrayée. Il devait être monté d'au moins deux mètres et il continuait.

C'est alors qu'il a tourné la tête vers moi et qu'il m'a vue en train de l'observer. Ses yeux émeraude transpercèrent les miens et pendant un instant, il resta coincé en l'air.

Puis il se retourna et le mouvement soudain rompit le sortilège. Bouboule retomba parterre, puis détala hors de ma vue en me laissant perplexe. *Que venait-il de se passer ?*

* * *

J'attribuai tout l'épisode du chat défiant la gravité à mon manque de sommeil et à une imagination trop active, puis je me dépêchai vers la Maison du Café de Harold.

Même si j'ignorai à la fois les limitations de vitesse et les panneaux stop, j'arrivai avec trois minutes de retard à mon travail. Mon patron, Harold lui-même, m'attendait juste à côté de la porte.

Il tapota son poignet alors qu'il ne portait jamais de montre et cria :

— Quand finiras-tu par apprendre la leçon ? Trois

minutes, c'est trois dollars, et puisque c'est ton deuxième retard cette semaine, je double ta peine.

Je poussai un petit grognement de mépris et je le contournai vite pour pointer.

— Gracie! Tu m'écoutes? demanda-t-il en me suivant comme un caneton cinglé.

— Oui, tu retiens six dollars sur ma paie parce que j'ai trois minutes de retard, alors qu'il n'y a pas de clients et que tu ne nous paies que le salaire minimum. Et même ça, c'est parce que tu y es légalement obligé. Bientôt, c'est moi qui te paierai pour avoir le plaisir de n'avoir rien à faire pendant que nos clients traînent au Mermaid's Brew au bout de la rue. C'est à peu près ça?

Le visage de Harold devint écarlate.

— Quelle insolence! hurla-t-il. Si ça ne coûtait pas si cher de former un nouveau, tu n'aurais plus de travail. En fait, tu as de la chance que je...

Il fit un pas en arrière, secoua la tête et réessaya.

— Écoute-moi, Gracie. Tu as de la chance que...

Il arrêta de parler, le souffle coupé, et s'effondra sur le sol. Il était passé de furax à immobile en quelques secondes.

— Harold, Harold! criai-je en m'agenouillant pour vérifier s'il respirait encore.

Ce n'était pas le cas.

Je pris son poignet pour trouver un pouls.

Je ne le trouvai pas.

Oh-*oh*.

Merlin Affronte un Familier est maintenant disponible. Commandez votre exemplaire dès aujourd'hui !

À PROPOS DE MOLLY FITZ

Même si Molly Fitz, l'autrice de bestsellers sur la liste de *USA Today*, ne sait techniquement pas communiquer avec les animaux, ses trois assistants d'écriture félins et elle ont des conversations très animées en vaquant à leurs occupations.

Elle vit avec son enfant et leur propre zoo quelque part dans la nature sauvage de l'Alaska. Molly s'aventure parfois hors de chez elle pour de bons repas, du café délicieux, ou pour rencontrer de nouveaux animaux.

Apprenez-en plus sur Molly et ses livres en français, et n'oubliez pas de vous inscrire à sa newsletter sur **minoumystérieux.com.**

LES ENQUÊTES DE LA CHUCHOTEUSE

Angie Russo vient de s'associer avec le tout premier chat détective parlant de Blueberry Bay. Avec sa bande hétéroclite d'humains et d'animaux, Octo-Chat est bien décidé à sauver la situation… tant que ça n'interfère pas avec son planning. Commencez par le tome 1, ***Minou Mystérieux***.

MYSTÈRES MAGIQUES DE MERLIN

Gracie Springs n'est pas une sorcière… mais son chat est un sorcier. Elle doit maintenant aider à garder son secret ou risquer de passer le reste de sa vie dans une prison magique. Dommage que les problèmes semblent les suivre partout où ils vont ! Commencez par le tome 1, ***Merlin affronte un familier***.

L'AGENCE D'INTÉRIM PARANORMALE

La vie simple de Tawny Bigford prend un tour magique quand elle tombe sur le meurtre de sa propriétaire et qu'elle est recrutée par un chat noir parlant nommé Fluffikins pour prendre le rôle de la défunte en tant que Sorcière Officielle de la ville de Beech Grove, Géorgie. Commencez par le tome 1, ***Sorcière à louer***.

COMMUNIQUEZ AVEC MOLLY

Si vous cherchez à rejoindre une communauté de doux dingues qui aiment les animaux autant qu'ils aiment les livres, alors nous allons vraiment nous entendre !

Suivez **ma page Facebook** exclusivement réservée à mon lectorat français : Facebook.com/lapilealire

Abonnez-vous à **ma newsletter** pour recevoir des cadeaux numériques, les dernières nouvelles et même des cadeaux occasionnels réservés uniquement à mes fans français : minoumystérieux.com/abonnez

www.ingramcontent.com/pod-product-compliance
Lightning Source LLC
Chambersburg PA
CBHW050304110726
47899CB00007B/2108